CHIN
SI, Yue
Chi shen mo dou h

D1339419

Romance 9.79

Mar 2012

HERTFORDSHIRE LIBRARY SERVICE
WITHDRAWN FOR SALE

BOR
CHI

Please renew/return items by last date shown. Please call the number below:

Renewals and enquiries: 0300 123 4049

Textphone for hearing or speech impaired users: 0300 123 4041

www.hertsdirect.org/librarycatalogue
L32

Hertfordshire

Hertfordshire Libraries,
Arts and Information

45 926 506 5	
HX	21/02/2011
F	£ 9.79

紅眼的萬人迷孔雀調查員VS.意志力超乎常人的醫學天才，
他的壞習慣與她的黑暗祕密，究竟哪一樣比較可怕？
答案，即將揭曉……

季璃

珍愛晶鑽
071

婉約細膩　深情至意　古典愛戀記事

冷鳶曲

商王戀　卷二

商人唯利是圖，一心向「錢」看
為達目的可以不擇手段，可以在所不惜！
這話果然沒錯，為了鞏固第一皇商的地位
他連婚姻都可以拿來當作利益交換的籌碼
明知她的心是殘缺的，身子也是殘缺的
能帶給他好處的，就只有她義公主的身分
他仍然答應這樁指婚，風風光光迎娶她入門
雖說他們成親的理由只是各取所需，無關情與愛
但是隨著時間改變了，她的心也跟著改變了
她嚮往「在天願作比翼鳥，在地願為連理枝」的愛情
他卻認定「夫妻本是同林鳥，大難來時各自飛」的現實……

備受帝后寵愛的宰相千金，深得朝廷倚重的第一皇商，
當她以公主之名嫁予封侯賜爵的他，誰能料想到，
等在前頭的竟是一朝皇恩盡，勞燕兩分飛……

葉小嵐

浪漫甜蜜　生動有趣　都會愛情喜劇

矜持小客服

小姐不好惹之四

珍愛晶鑽
072

這個鬍子男真是過分得可以！
她因為男友劈腿別的女人，被她捉姦在床
才會傷心的邊走邊哭，這是哪裡礙到他了？
竟然一臉凶惡的「脅迫」她必須陪他聊天！
搞了半天，原來這傢伙一臉死了人樣的找她麻煩
是他的前女友也劈腿別的男人，同樣被他捉姦在床
好吧，看在同是失戀的份上，她就不跟他計較……
說實在的，他雖然嘴巴毒，但也有不少溫柔的舉止
他搶走她織給前男友的圍巾，是不想讓她睹物傷情
口口聲聲要她陪他吃飯散心，其實是他陪她吃飯散心
但也就是他這些舉止讓她的心無法平靜……

當一板一眼的固執小女人遇上面惡心軟的溫柔大男人，
一旦放下矜持，解開心中的結，感情的創傷終將過去，
幸福就在不遠的未來……

卷五・珍愛2016

鑾　郎——震王**霍韃**

他到底是鑾子還是皇室流氓？天氣好時，就像隻好脾氣的綿羊，天氣不合他意時，就像頭不講理的蠻牛，連大軍逼宮、砲轟南內的大事都敢做出來……

卷六・珍愛2030

摘　星——翼王**律滔**

要改變世界得先掌握權勢！為此他用足耐心扮演人人稱讚的賢德皇子，甚至假裝相思成疾只為獲得太阿兵書，怎知卻因此變故連連，讓他不得不露出真面目……

卷七・珍愛2060

朔　日——衛王**風淮**

行事一板一眼、尊崇法典正義的皇六子也變了！加入皇位爭奪戰、成立衛王黨對付異己，立誓登基為皇平定三內分立的宮闈亂局，一切都只為了讓兄弟在這場奪嫡政爭中活下來……

卷八・珍愛2081

崩　雲——滕王**舒河**

狡猾如狐的皇四子陷入情網可真驚天動地，什麼人不好愛偏愛上他父皇的嬪妃，為了不被允許的愛情極力競爭為皇，甚至不顧後果犯下興兵逼宮的叛逆大罪……

卷九〈上・下〉珍愛2155・2156

霸　王——剌王**鐵勒**

功高震主——這就是多年來鐵血治軍、爭戰沙場的下場？成為父皇除之而後快的心腹大患？對於天朝，對於兄弟，他的承諾已兌現，渴望已冷，夢已醒，再也不必當個渴望父愛而逆來順受的皇二子……

〈九龍策〉典藏紀念盒裝版＋全套複製畫＋菊全大海報

10/1~10/15 禾馬官網獨家預購

江山如此多嬌，引無數英雄競折腰

三內鼎立風雲變色，九龍逐鹿何者勝出？

獨一無二的 **綠痕** 突破言情格局　宮闈史詩大作

九龍策 卷一～卷九　出版九週年紀念典藏盒裝版

二〇一〇年十月隆重推出

卷一・珍愛1927

宮　變──太子**臥桑**

什麼溫良謙恭、待人寬厚有禮，全都是他用來欺騙世人的假象！白日裡，他是眾臣眼中英明神武的太子，黑夜裡，他搖身一變為風流邪魅的惡棍……

卷二・珍愛1945

天　驕──寰王**野焰**

老天是故意派他來讓女人難看的嗎？明明是男兒身偏生了一張閉月羞花的美女臉，但要說他愛心氾濫、溫柔體貼，他又是個打起仗來勢如野火的天才軍事家……

卷三・珍愛1971

奔　月──雅王**懷熾**

遊戲玩家遇上命中棋王會有何反應？他表面上是眾朝臣口中最為無害的皇九子，骨子裡卻是個善於搬弄權勢運用手段的高手，對他而言，必要時婚姻也是打擊政敵的好方法……

卷四・珍愛1991

問　花──襄王**朵湛**

慈悲仁善、一心學禪修佛？世人全被他高明的欺世功夫所矇騙，費這麼大的勁演戲只是為了避開朝爭，誰知一道突如其來的手諭卻打碎他的假面具……

禾馬十月大慶祝！

WATER NOVELS 水叮噹　跨越1000號　歡喜特惠

9/30～10/29

禾馬官網〈水叮噹〉小說全面 75 折

滿三本再加贈Q版磁鐵書籤

買三本送一個，買六本送兩個，以此類推

贈品數量有限，送完為止

禾馬文化事業有限公司《桃子熊工作室》

吃什麼豆花

紅櫻桃698

R E D C H E R R Y R E D C H E R R Y

四 月·著

紅櫻桃698

吃什麼豆花

作　　者：四　月
責任編輯：潘文儀
出 版 者：禾馬文化事業有限公司
社　　址：11083台北市信義區忠孝東路五段508號4樓之1
電　　話：(02)66395508
傳　　真：(02)66365508
E-mail：customer@homerpublishing.com.tw
桃子熊網站：http://homerpublishing.com.tw
發 行 部：禾馬文化事業有限公司–桃子熊工作室
地　　址：台北市南港區南港路二段95號7樓

劃撥帳號：17914120
戶　　名：禾馬文化事業有限公司

初　　版：二〇一〇年十月
有著作權・翻印必究
國際書碼：ISBN 978-986-270-147-8
定　　價：新台幣190元　　Printed in Taiwan

※本著作物經著作人授權發行，包括繁體字、簡體字，凡本著作物任何圖片、文字及其他內容，均不得擅自重製、仿製或以其他方法加以侵害，否則一經查獲，必定追究到底。

［本書遇有缺頁、破損倒裝，請寄回更換］

國家圖書館出版品預行編目資料

吃什麼豆花/四　月著.初版.
臺 北 市：禾馬文化,2010.10
面：　公分.一(紅櫻桃系列：698)
ISBN 978-986-270-147-8(平裝)

857.7　　　　　　99017351

青春好顏色
嗆辣戀滋味
紅櫻桃給你好看！

序

四月

農曆七月鬼門開了。

不是人家告訴四月的，也不是看電視，更不是看日曆，而是在幾天可怕的打雷閃電下大雨的晚上，一陣「嚇屬倫」的雷聲驚醒了正絞盡腦汁、癱軟在床上準備找周公補補元氣的某個人。

猛然驚醒坐起身，還沒有吐完胸口那股氣，就看到不對勁的地方。

床旁邊某個桌子上面的螢幕怎麼會是黑的?!

再看到電腦上面的黃色燈光，怎麼會是暗的?!

努力想想，睡覺的時候並沒有關機啊？

強烈的不安頓時籠罩在四月的頭上，連忙衝到電腦前面，發現果然是關機了。

想要再打開……

沒反應！

再按開關機的按鍵……

還是沒反應！

拔掉插頭再插上，再按——

很好，它依然是連亮都懶得亮。

四月想起了那聲轟天雷，頓時覺得自己的頭也被那聲雷給打得焦黑。

要知道睡覺之前，四月已經把這本書寶寶完成了，只剩下分章節，可是又偏偏眼皮子上下在打架，所以就想睡一下好了，等起來再整理，然後就可以交稿了。

哪裡知道，人生啊……就是讓你想不到啊！

隔天一大早因為沒有勞工小弟在身邊，只好我一個弱女子搬著那麼重的電腦去燦坤修理，一路上可是死命地向老天爺及各路神明懇求，希望那雷造成的只是小小的電路短線，不要讓我整台電腦都給燒壞掉。

結果咱們親愛的店員妹妹說要送回去修理檢查，大約要五天到七天。

言下之意就是要再受煎熬一段日子了。

這讓我想起了很久之前，四月在寫校園貴公子裡的亞里歐那位大少爺的愛情故事時，也是讓我的電腦中過毒，然後倍受曲折，最後都過了時間才交出去。

但最悲慘的是，那聲雷不但打壞了我一個月來的心血，更是將咱們賴以維生的電腦大人給徹底地打壞了。

是的，沒錯，這位電腦大人是新來的。

當四月再次將這本書寶寶擠出來的時候，剛好又聽到氣象報告說未來會有雷陣雨。

這怎麼可以？要是再雷一次，四月我有幾條命跟雷公拚啊？搞不好再打一次的話，咱們就穿越了。

要是穿越了，妳們看不到我，會心碎的，對不對？

所以四月當機立斷地將書桌搬離窗戶旁邊，想著什麼靠近窗戶空氣好？P啦！是雷公比較好瞄準好不好！

現在四月可是在離窗戶遠遠的地方躲好，然後開心地寫著書寶寶呢！

再來說說咱們這本書寶寶的男女主角。

其實當初設定的時候，女主角的命運就像一般言情小說裡面那種愛男主角愛得要死，付出了所有，把自己搞得像心胸狹窄的瘋女人一樣，最後還華麗麗地變成炮灰，成就了女主角跟男主角情路上的試金石。

基本上在以前，四月看到這種炮灰女的時候，還沒有覺得怎樣，畢竟那時候的套路都是這樣的，沒有第三者出來攪局，怎麼可以襯托得出男主角對女主角的堅貞不移呢？

想當初四月的書寶寶裡面也是有出現過這種炮灰女，也如其他的大大一樣地將她們蹂躪來羞辱去，最後利用殆盡再將她們炮灰了。

後來也不知道是怎麼了，越來越覺得對這些炮灰女有了一些不一樣的想法——

其實對炮灰女來說，也許不覺得自己是錯的。

因為有的書寶寶裡面，炮灰女比女主角還要早認識男主角，有的甚至還是未婚妻的身分，所以要是不要管言情小說的部分，從客觀的角度來看，炮灰女也不是全都是惡劣的。

咱們女主角也就是在這樣的情況下產生的，她一出現在男主角面前就集所有炮灰女該有的行為、情緒及反應於一身，所以男主角就覺得很厭煩。

其實大部分的男生都不會喜歡這種女生，但是對於送上門的肉，卻大都會有種「不吃白不吃」混帳想法……（有問題請找四月小弟，他是提供這種想法的人）

可是當那些男生想著不吃白不吃的時候，卻還忘記有句話叫作「天下沒有白吃的午餐」。

所以咱們男主角在這樣惡劣地玩弄女主角之後，便遭受到女主角強大的反擊。

嘿嘿，咱們這也是第一次創舉說，以前老是在嘴巴說說，要是背叛了就剪掉，可那麼多本書寶寶出世了，卻沒有一個女主角真的做到。

咱們這個女主角在歷經了幾百本前輩的進化，吸取了經驗，終於發展到動手了！

這次是真的動用到剪刀了。

哈哈，本來想說要給它來個剪斷再重新接上，可是又怕會影響到女主角未來的幸福，終究還是手下留情了。

裡面還有很多男女主角交鋒的好戲，這就不耽誤大家的時間，快點翻開看看吧！然後也不要忘了看完後多給四月大大的鼓勵及支持哦>O<

愛你棉哦！

楔子

「主人，歡迎回家。」

「吃什麼豆花」店門口站著兩位身穿女僕裝的美少女，那由黑白蕾絲花邊組合而成的短裙下是一雙勻稱白皙的美腿，配上甜美可愛的笑容，讓路過的行人彷彿置身在動漫世界裡。

宋忠宇面無表情地在兩位可愛的女僕注視下進入了店裡，沒有把少女夢幻崇拜的目光看在眼裡。

望著愛慕的對象消失在店門口，兩位可愛的女僕妹妹才依依不捨地收回視線，繼續發著傳單，然後閒聊著。

「唉！我們的老闆大人不管什麼時候看都是那麼優雅有氣質，就像是漫畫裡面尊貴無比的國王陛下，如果他肯當我的男朋友，帶出去簡直是拉風極了！

肯定沒有一個男的可以比得上他。」有著娃娃臉的小女僕捧著臉作夢般地說著。

「妳還沒睡醒吧?人家老闆大人可是全台灣豆花連鎖店開了十幾間，是有名的豆花大王，而且長得又好，又白手起家成為大富翁，那種人跟我們這種打工小妹相比簡直就是另一個世界的人，妳以為可以越界嗎?除非是穿越!」另一個個子較高的女僕不以為然地說著。

其實她的心裡面也是有小小的希望，也許有一天真的穿越了，那樣她就可以跟國王陛下同一個世界了。

「可是我聽說老闆大人有老婆了，是他開的第一家店裡的女僕，有個很有氣勢的綽號叫作『女王』。」娃娃臉八卦地說著。

「妳也聽說了啊?」

「對啊!小甜甜說的。」

「她好像是總店過來的，對吧?」

「是啊!」

「那我們下班之後去找她。」

所謂知己知彼，才能百戰百勝啊！更何況他們對一向冷冰冰的老闆大人會對怎樣的女人動了凡心，實在是很好奇。

果然兩個人下了班就殺去找到小甜甜，然後兩個人使盡所有諂媚討好的手段，加上破財請客，才讓小甜甜點頭開口說出了曾經在總店傳說了很久的傳說。

「話說，老闆大人跟老闆娘兩個人的糾纏是從上輩子就開始的。」

「前世今生?!」

「而且老闆在遇到老闆娘之前，可不是這麼酷的，連身邊的女人看都不看一眼。」

「不然呢？」

「那時候的老闆就像是溫柔多情的翩翩貴公子，對每個女人都像裴勇俊一樣地微笑著，讓每個女孩子都覺得自己是這個世界上最幸福的。」

「那為什麼現在變成這樣啊？難道是老闆娘害的？」

小甜甜點點頭，「沒錯，一切就是從老闆娘再次出現在老闆面前開始變化的。」

「再次?!」

「因為他們原本是一對情人……」

小甜甜活靈活現地化身為說故事的姊姊，一段關於愛及勇氣的故事就這樣展開了——

第一章

山區一棟五層樓的別墅裡面，一間偏遠的小房間裡燈火還亮著，屋內只有床、一個衣櫥跟一張桌子等簡單的擺飾。

儘管家具很少，卻被屋子的主人佈置得很溫馨。

桌子前面一個嬌小的女子正低著頭不知道在寫些什麼，一頭濃密鬈曲的長髮被一只碎鑽蝴蝶夾夾住，一身簡單卻價值不菲的小洋裝，額頭的妹妹頭劉海讓她看起來比實際年齡還要年輕好幾歲。

「小姐。」

中年男人恭敬地將一杯牛奶放在桌上，輕聲地喚著桌前的人兒。

「少爺今天怎麼樣？」清冷的聲音宛如純粹的水晶一樣，讓人心頭一震，覺得十分的好聽。

「少爺今天去參加了二少爺的婚禮，跟大少爺與二少爺喝了不少，心情很好。」

「嗯！記得回來的時候幫他煮些暖胃的湯，他的胃好不容易養到現在比較健康了，不能再被搞壞。」

「是。」

管家口上回答但心裡卻碎碎唸，少爺胃不好可是幾百年前的事情了，被小姐這樣無微不至地祕密照顧著，少爺的胃病早就好了，現在就算是參加大胃王比賽都沒有問題。

「還有事？」女子放下手中的筆，抬起頭來注視著眼前的管家。

那雙水靈靈的大眼睛在黑夜裡更顯得宛如星光一樣燦爛而動人，小巧可愛的鼻子配上精緻美麗的臉龐，紅嫩的小口緊緊抿著，應該是年輕無敵的臉上卻看不出任何的神情。

王伯知道以前的小姐並不是這樣子的。

以前的小姐就像熊熊燃燒的生命之火，也許因為任性狂妄而不小心燒到旁邊的人，但是卻不是真的那麼壞心。

不像現在，冷淡平靜得像是不願意被激起漣漪的湖水，雖然看起來更加地優雅，令人平靜，可卻總是可以感受到那份疏離及冷漠。

「小姐，少爺他……」

「怎麼了？」

「他終於決定要開什麼店了！」

「是嗎？什麼店？」

都考慮一年多了，終於下定決心了嗎？到底是什麼店呢？林子君很好奇，同時，也覺得不願意抱太大的期望。

畢竟，那個男人，她多少也了解一點——

最明顯的就是他比別人還要變態的一面！

不管他現在偽裝得多像是沒有傷害值的綿羊，可以看穿他羊皮底下是頭大野狼的人，恐怕也只有她一個。

「制服豆花店！」

俊美卻帶著一股優雅的男子微笑如春風地宣佈著。

「怎麼聽起來很淫蕩的感覺？」

一頭染著像火焰般紅髮的少年撐著下巴冷冷地看著宋忠宇，實在是很不想承認眼前這個笑起來很淫蕩的男人是他的三哥，是天下幫盟堂的忠王。

「小俊，你不懂，你想想，白白嫩嫩的豆花滑溜溜地像極了少女最細嫩的肌膚，澆上甜蜜的糖水更像是少女青春的甜蜜，再加上日本女僕裝，讓每個上門的客人都可以享受主人的尊貴，這生意肯定會讓我的荷包滿滿的！」

「我覺得你可能會被抓。」把一碗豆花搞得這樣淫蕩，還真是不怕死地挑戰法律邊緣。

「比你大熱天裡還搞個營火好吧？」

「我那是蒙古烤全羊。」什麼眼神？居然這樣不識貨！

「再怎樣都比不上我店裡一個個像是日本動漫裡面走出來的可愛女僕。」

「三哥，你真的要開？」

「制服店又不是我首創，人家能開，為什麼我就開不得？」

「你……根本就不是做生意的料，我看你就不要開了，要看女僕的話，就讓你家裡那些女僕換裝不就好了？」

「那是老爺子的遺言啊！不開間店的話，就得不到老爺子的創業基金，雖然我們四個兄弟也不缺那點錢，但是替老爺子賣了幾年的命，不拿白不拿。」

要知道，金盆洗手之後需要的生活費也滿多的。

「你只要把你家裡面那幾個白吃白喝的拜金女友處理掉，相信你更加不會缺那點錢。」他從來就不知道一個女人可以這麼敗家，更不要說是三個。

難道三哥是因為某個男人展雄風的地方受過傷，有了什麼後遺症不敢說，所以才會用物質彌補那些女人？

「我說三哥，你不會是花錢買尊嚴吧？」

「你說什麼？」宋忠宇冷著臉說。

「不要忘記你兩年前被剪過啊！」

「就跟你說了沒有被剪到，只是擦傷，我有閃過去。」他沒好氣地說著。

都已經解釋那麼多遍了，可是為什麼他的兄弟們總是不相信？

「那個小剪刀手沒有找到哦？」

「本來她這個豪門千金是很好找的，可是案發之後她們家的別墅居然轉手賣掉了，她的親戚朋友也都說她平空消失了，沒有人知道她去了哪裡。」

「難不成是預謀犯案啊？居然連後路都準備得這麼完善。」

「管她準備多少條路，只要她還在這個地球上呼吸，我總是會抓到她的！」

「所以說你真的確定要開女僕豆花店了？」

「沒錯，以後你來我的店裡看妹都不用錢。」

「是啊，看妹不用錢，吃豆花要付費，對吧？」李俊人沒好氣地說著。

「當然，三哥我又不是開慈善機構。」

「我打賭你家的豆花肯定是黃金做的。」

「那是，不要忘記可是有女僕伺候，一走進店裡就是高高在上的主人待遇，這別家豆花店可沒有的，賣貴一點也是可以接受的。」

「開店很忙的，你現在坐在這裡當大少爺是怎樣？」李俊人對於三哥的悠哉生活覺得很刺眼。

原來擁有一個全能的管家，對於日後無憂無慮的生活有那麼大的影響啊！

他真的要好好地來找一個管家幫幫他，他一個人都快要當三個用，還不夠用呢！

「別擔心我啊，我有王伯什麼都不用擔心了。」

「說起你的王伯啊，我還真的很羨慕，不知道你是從哪裡找到這樣一個文武雙全，又會理家，又會煮出媲美食神的好菜，還可以拿針幫你補衣服，更不可思議的是還有辦法將你的後宮管理得服服帖帖，雖然一個個看起來都得了公主病，卻沒有後院起火，的確，你有王伯真的是什麼都不用擔心。」

「那是。」宋忠宇得意地點點頭，對王伯的能力他從一開始的驚豔到最後是十分的滿意。

「到底是從哪裡找到的啊？」

「老天爺送給我的。」

「少來！你這個殺人不眨眼的黑道大哥只會被死神詛咒，不會被老天爺眷顧的。」

「所以我當時就做了一件好事，救了王伯一命，所以就得到了一個全能的管家。」

「瞧你得意的！」

「是很得意啊！」

「可是看王伯一副正經嚴肅宛如大內總管的模樣，你給他一堆宮女也許他還得心應手，可是現在要他處理一堆性感可愛的女僕，他處理得來嗎？」

「他沒有說什麼。」

李俊人這下真的嫉妒死三哥了，他這個總管真是太厲害了！

自從王伯出現了之後，三哥整個人就像是從垃圾堆裡面的垃圾被淨化成人，全身上下從頭頂到鞋子總是乾乾淨淨，就算是三哥喜歡穿的白色襯衫也沒有一點點髒污的困擾，更不要說是家裡被整理成媲美五星級飯店。

三哥原本是他們兄弟裡面最不在乎生活品質的人，也不是沒有錢，可是偏偏就沒有什麼理財觀念，只知道錢存在銀行裡，然後自己隨便住在破破舊舊的矮房子裡。

還好有王伯替他理家、理財，慢慢地生活有了改善，到了最後王伯還幫三哥投資，然後賺了錢，搬進山區一間風景優美的別墅裡，而且又有了後宮。

所以有了王伯，就有了一切。

這怎麼不教嚴重缺人才的李俊人嫉妒又羨慕呢？

有了王伯，他的碳烤店肯定會前途無量啊！

偏偏三哥對王伯有救命之恩，所以想要挖牆腳還真是無從下手。

「三哥，你到底有什麼能力可以讓王伯對你這樣死心塌地？」

這個問題其實宋忠宇也有問過王伯，但是王伯只是恭敬地回答著，「因為少爺對我有救命之恩。」

其實，王伯心裡還有一句話沒有說出口，那就是——

更因為你是我家小姐最在乎的人，只要小姐一天還愛著你，王伯我就會一天代替小姐伺候你！

林子君安靜又迅速地在廚房裡面忙碌著，纖細雪白的雙手完美得像是不沾春水的千金小手精細保養過，卻可以在短短的時間裡變出一道道看起來美味又可口的佳餚。

看著桌上的美味早餐，她知道他的胃口已經被她養壞了，以往在路邊早餐店隨便買個包子就可以裹腹的，可是最近這幾年養下來，他每天早餐都要喝上一碗吸收足夠新鮮蔬菜精華的蔬菜粥，配上她精心調配的小菜，好讓他每天的開始都能擁有充沛的活力。

突然間聽到客廳的大笨鐘響起，她知道自己的時間到了。

眷戀地望向緊閉的房門，她忍不住心中一陣酸澀，想著昨天晚上是哪個女人陪著他？

雖然知道這一切已經不關她的事，她可以默默地照顧著他的生活，卻沒有資格插手他的感情世界。

早在兩年前，她就已經沒有資格，也不想要這個資格。

靜靜地脫下圍裙，她才剛將它掛好，一個轉身卻發現緊閉的房門有了動靜。

他醒了?!怎麼可能？他是有名的賴床鬼，每天早上沒有在床上賴個十分鐘是不會甘心下床的。

林子君想要從後門溜走，卻發現慢了一步。

一咬牙，她只能躲進落地窗的窗簾後面。

儘管知道自己這樣做有多危險，卻還是無法克制地偷偷露出一雙眼，貪婪地看著心愛的他。

剛睡醒的男人還有些迷糊的神態，一身好穿透氣的棉質睡衣讓他看起來更像是毫無防備的大男孩，完全沒有清醒時候那種疏離淡漠。

睡衣是她親手做的，雖然她也可以去買現成的，但她就是希望他身上的一切都是她親手做的。

不光是睡衣，連那些可以將他的氣質襯托出來的衣服也都是她設計，然後親手縫製的。

就算是……彌補她不能陪伴在他身邊的遺憾吧！

雖然明知道自己所做的一切都是那樣地沒志氣，要是被好友雲清知道的話一定又會碎碎唸，可是……

美麗的眼眸貪戀地望著乖乖坐在餐桌前一勺一勺喝著她親手煮的蔬菜粥的男人，然後心裡慢慢充滿著甜蜜跟酸澀的滋味。

如果可以的話，她也不想要愛得這麼辛苦，愛得這麼卑微；只是當她發現自己的情路因為自己的任性而走到懸崖邊的時候，想要懸崖勒馬卻已經來不及了！

她不但跌得粉身碎骨，也連累了許多無辜的人。

尤其是……那個被她刺了一刀的女孩……

這時候，房間裡面走出另一個美麗的女人。

修長的雙腿，火辣的身材，尤其是身上只有穿著他的襯衫，將那種女人的風情萬種徹底展露無遺。

看著她美麗的臉龐還殘留著昨天晚上激情的紅暈，林子君的嘴角忍不住彎起一抹苦澀的弧度。

她吃醋什麼、嫉妒什麼？這個性感又火辣的女人也是她親手挑選的，為了不讓他在黑夜裡感到孤單寂寞而準備的。

而且不只這一個，還有另外兩個，一個溫柔婉約，另一個天真無邪。

三個不同類型的女人……足以彌補她害他失去的那一個了吧？

看著兩個人那樣親暱地調情，她很酸澀地看著男人那嬌寵的溫柔。

是的，她早該知道的不是嗎？他可以對全天下的女人溫柔微笑，嬌寵溺愛，就是不會願意給她一個平和的眼神。

就算他給她一個像是看著路人一樣平淡正常的眼神也好……可是他不會。

他會用那種看到髒東西的嫌惡目光注視著她，無情地打擊著她充滿罪惡感的心。

是啊，這世界上任何一個女人、只要他喜歡的話都可以陪在他的身邊，只有她，恐怕連出現在他方圓一百里都會被他無情地驅逐。

儘管她戀戀不捨他的容顏，很想要將他的每一個神情、每一個動作、每一個心情變幻都刻在心裡，但是卻無法眼睜睜地看著他跟別的女人親暱調情。雙手互相緊抓著，直到關節泛白也不願意放開，她覺得自己不該這樣下去了。

這樣的墮落、這樣的沉淪，只會讓她入魔。

突然間，一個低沉好聽的聲音傳來，如果沒有細聽的話，是聽不出他語氣中的嘲諷的。

「妳真的很喜歡我？」

林子君身子一凜，感覺到全身一陣發冷。

雖然明白他現在問的對象不是她，但是……他以前也曾經這樣問過她。

恍惚中，林子君彷彿又回到了那一刻——

那讓她先嚐到了甜蜜的天堂，然後再被他無情推下的地獄。

記得那一天，她穿著一身漂亮的白色小洋裝，整個人精心打扮得像個小公主，而她那時候也的確是個小公主，被心愛的父母親保護得很好的無知少女。

一朵養在溫室裡脆弱無比的小花，滿心歡喜地認為她一路蠻橫堅持下來的愛情終於要開花結果了。

那是他第一次主動約她，在她經歷了一年多不眠不休的糾纏之後，第一次，他有了回應。

這讓她受寵若驚，以為自己的誠心終於感動了天，讓他的目光終於落在她的身上。

哪裡會知道，這份受寵若驚到了最後，會是那樣地苦澀難堪？

但是那時候的她並不知道，而且還很開心地赴約。

在那令人很害羞的廉價旅館裡，她強壓下一切的不自在，笑得很開心地望著眼前俊秀如玉的美少年。

如果不是她太愚蠢，被所謂的愛情迷住了雙眼，她就該清楚地看到他那雙迷人的黑眸當中，閃耀的不只是耀眼的光芒，更有一絲掩飾不了的厭惡及嘲弄。

「妳真的很喜歡我？」

她只能傻傻地點點頭，目光始終低垂，不敢多看他一眼。

「哦，真是有趣，」他壞壞地笑著，然後帶著一絲好奇及惡作劇的語氣問著：「有多喜歡？」

林子君小聲地說：「很喜歡很喜歡……」

他聽到那聲像是小貓的聲音，忍不住輕笑，「真的？那妳要怎麼證明妳的喜歡？」

怎麼證明？她都忍著害羞親口說出來了，還不夠證明嗎？

雖然她從小到大要什麼，不需要開口，疼愛她的父母就會自動雙手送上，可是面對自己第一次動心的少年，她鼓起勇氣開口已經是很不可思議的事情了。

還需要什麼證明？寫證明書嗎？

「要……怎樣證明？」她深吸了口氣問著，心裡想著自己現在到底在做什麼？明明就知道他已經有女朋友了，為什麼還要跟著他來這種地方，還要站在他的面前這樣赤裸裸地說出自己的心情？結果，卻被他要求證明。

他沒有接下她的話，只是微笑地注視著她，如果不是她入魔太深，就該看到他眼底的不屑。「我如果證明……那你……」

「脫衣服。」

第二章

林子君愣住了。「脫……衣服？」

「妳跟我到了賓館，難道還不知道可能會發生什麼事情嗎？」

她是真的沒有想過，只是迷迷糊糊地跟著他來。

仔細看著簡陋破舊的房間，房間的角落還有張很奇怪的椅子，上面居然還有皮帶，像是用來綁人的。

她聽女同學說過這種小間的賓館是用來休息的，而休息就是……

「我不勉強妳，只是妳要是出了這扇門，以後就不要再來糾纏我了！」

怎麼可以？現在要她一天不見到他，光是用想的就覺得痛澈心扉了，更不要說真的發生，那她一定會活不下去的。

就這樣低頭又是害羞、又是糾結地掙扎，沒有發現眼前俊美的男人正用那雙熾熱的眼睛盯著她。

任性的千金大小姐從來就不是他的菜，而且可以說是他最討厭的那一種，眼前這一個更是討厭中的討厭！

打從她第一眼見到他開始，就像一塊麥芽糖黏他黏得緊緊的，就算他不理她，將她當成透明狀，當成空氣，她就是有辦法厚臉皮地出現在他的身邊。

如果她識相一點，只是乖乖地在遠方守候他，也許他還可以把她當作是一尊擺脫不了的背後靈。

可是她偏偏貪心不已，不安於室……嗯，可以這樣用嗎？總之，她居然厚臉皮地跑到義父面前說願意成為他成年禮的「禮物」。

而且還送給義父很貴重的禮物，就這樣，那個死老頭也把他的初次貞操當成禮物一樣送給了林子君。

哼！真是可笑，這個豪門千金大小姐難道真的已經被寵得無法無天了嗎？以為她有錢就可以買到所有她想要得到的東西嗎？

今天他會讓她知道，不是他被買，而是他要她！

而且不只是要她，還要徹底讓她淪為他身下洩慾的愛奴，永遠都不能反抗他，不能離開他，等他膩了之後再狠狠地將她甩開。

想到這裡，就讓他覺得興奮無比，一個伸手準確地將她抓住，然後拉入懷裡。

「啊！」她輕叫出聲，一雙小白兔一樣的眼睛在有些泛紅的小臉上顯得又大又無辜。

這情況活像是無辜的小白兔落入了大灰狼的口中。

但他沒有想到，自己這樣討厭的一個女人，吻起來的滋味居然會是這樣的甜蜜。

她的皮膚摸起來像是滑嫩的豆花，雪白的肌膚微微泛紅，一點也不憐香惜玉蹂躪的紅唇，更像是成熟的櫻桃，不斷誘惑著人再來咬一口。

大手插入她濃密的波浪大鬈髮中，將她的頭不斷地按向自己，不在乎她的掙扎，無論是害羞還是畏懼，她都已經沒有退縮的資格了。

敢招惹他，就要有承擔的勇氣及決心！

林子君從最初的掙扎閃躲到最後任由他霸道地吸住她的舌尖，然後不斷吸吮著。

直到她感覺到舌尖發麻、發疼，所有的呼吸、所有的鼻息中全都充滿了他的氣息，才稍微地得到了赦免。

然而當她像是一條缺水的金魚一樣大口地呼吸時，他的進攻改變了路徑，熾熱的唇不斷往下移。

林子君覺得有些難受，感覺他對自己似乎太過粗暴，一點也不溫柔體貼。可是如果不喜歡她，為什麼還會想要抱她？她望著他俊美的臉龐，看到他灼熱的火焰在那雙深邃的眸子裡翻騰著。

是的，他一定也是喜歡自己的，如果不是喜歡的話，又怎麼會流露出這樣令人心亂如麻的目光。

也許是因為太喜歡宋忠宇了，所以她的心裡忍不住對他所有的一切都有了合理的解釋，而且還說服自己心甘情願地承受著。

然而她卻不知道女人跟男人對性的感覺是可以不一樣的，他可以跟其他他願意的女人上床，卻不代表就真的是想要跟她們天長地久還是有什麼情感的糾纏。

宋忠宇就是這樣的心態。

不管當初他對這個自以為是的花癡公主有什麼想法，或是有多厭惡，但她嬌弱得像朵小花一樣靠在他的身上，那樣柔軟馨香，她的唇那樣甜蜜，像是濃稠膩人的蜂蜜……

粗大的慾望剛頂入那緊密的小縫裡，他隨即感受到一種衝動，溫暖而緊密的小穴顯然從未有過異性進入，讓他的侵略受到了阻礙。

「不……」異物侵入的疼痛讓她驚呼，小手抵著他的胸口，吃力地想要推開他。「啊！」

一聲嬌媚淒豔的痛呼，他已經將自己深深刺入她的身體，一絲溫熱鮮紅的紅豔緩緩從兩人緊密結合的地方滲出來。

他一點也不客氣地將自己狠狠頂入了她身體最深處，像是要懲罰她對他不應該有過分的奢望，而既然敢招惹他，就要有承擔的勇氣。

「宋忠宇……」林子君感覺自己像是被人用灼熱燒燙的鐵棍狠狠地捅入撕裂一樣，忍不住失聲痛喊，一顆顆豆大的淚珠隨著疼痛及委屈滾落。

但是壓在她身上的男人卻沒有理會她的眼淚，只是舒服地喘氣，然後便開始宛如野獸般恣意貪婪的索取。

林子君見得不到心愛的人一絲的體貼，只能不斷地喘氣、呼氣，企圖讓自己僵硬緊繃的身體放鬆點，讓自己可以多容納他一點，讓自己不要再那樣地疼痛。

忍忍吧！她不斷告訴自己，自從愛上了他之後，不是時時刻刻夢想著被他擁抱將會是多麼美好的事情，現在不正是美夢成真了？

雖然真的好痛，但是每個女孩要成為女人，不是都要經過這一關嗎？

「宋忠宇，我好疼……」

「忍忍，很快就過去了。」

「可是……」

「妳不是很喜歡我、很愛我嗎？這麼點疼痛也忍受不了，教我怎麼相信妳的愛？」

被強迫屈起的雙腿不斷被他強壯的身體壓著，她的小手只能無力地輕推著他不斷靠近的胸膛。「宋忠宇，求你……輕點……痛……」

但是壓在她身上的男人卻沒有理會，只是更加放縱進出著她緊密又溫暖的身體。

「宋忠宇……」她的眼淚忍不住緩緩滾落，感覺到自己又痛又委屈。

她雖然是那樣地喜歡他、渴望他，希望可以獻給他少女的第一次——這是每一個陷入戀愛的少女心裡最害羞的夢想——卻不是像現在這樣子被粗暴地佔有，而得不到憐惜的甜言蜜語或是不捨的親吻。

但是想要後悔也已經來不及了，他已經深深埋在她的身體裡，那樣赤裸裸地宣告著他的佔有，讓這一切都沒有了退路。

林子君到最後只能緊閉著雙眸，雪白貝齒咬著下唇，卻依然無法控制地發出一聲聲痛苦及快感交雜的呻吟。

那一聲聲更加徹底喚醒男人體內飢渴難耐的野獸，充滿慾火的目光低著頭深深盯著她的神情。

一幅美人圖春意撩人，銷魂舒服又混雜著初次痛苦的誘人嬌態，只見她雪白粉嫩的小手緊緊抓著床單，含淚承受的模樣更是讓人無限憐愛。

可惜這個女人心機太重，又惡毒，就算她的身體讓他覺得異常地舒服，也只是身體上的發洩而已。

他可沒有打算要接受她，只是玩玩而已。

之後，每一次他都會約她去那間賓館的小房間，她每次都是那樣地開心，滿懷著希望赴約，而等待著她的卻只有鋪天蓋地而來的慾望。

他幾乎不會主動開口跟她說什麼情話，唯一會說的只不過是「脫衣服」和「躺到床上」這兩句。

然後不讓她有任何開口的機會，像頭飢渴的野獸不斷佔有著她、吞噬著她，直到她動彈不得，只能癱軟在他的懷抱裡。

雖然很快就會被他冷漠地推開，但是她卻不爭氣地期待著下一次在他灼熱的懷抱裡癱軟。

入了魔的她甚至放縱自己墮落到只要他還肯要她、還肯見她就好了，哪怕每次都被他當成充氣娃娃，想要就要，不想要就丟在一邊。

這樣不正常的關係維持了一個月，她自以為是的幸福也只有一個月，然後

——

「少爺，你該去店裡巡視了。」

王伯的聲音打斷了她越發不可收拾的回憶。

還好，否則她可能會忍受不了地哭出來，然後被他發現。

林子君沒有發現宋忠宇的目光不經意地掃了落地窗的窗簾一眼，只是屏息地聽著，等待著外面的人離開。

不知道過了多久，她感受到了窗簾前有人。

是他嗎？不，不可以被發現，否則她連偷偷待在他的身邊都不可能了！

「小姐，少爺出門了。」

王伯慈祥的聲音低低傳入耳裡，讓她鬆了一大口氣。

緩緩掀開了窗簾，果然看到只有王伯一個人恭敬地站在她的面前。

「嗯，那我先回房了。」

「是。」

林子君低著頭靜靜回到了後院，這個偏僻的地方有個小房間，她是以王伯遠房親戚的孤女身分借住的。

屋裡其他的人只知道她平常很安靜、很低調，除了偶爾幫王伯的忙，就是替少爺煮煮飯。

不可思議的是，屋裡其他的傭人幾乎都沒有見過王伯這個遠房親戚，因為她做完自己的工作之後就會躲回房間。

王伯對其他人說，因為她才剛經歷喪失雙親的巨大痛楚，所以有些怕人。

就這樣，在王伯刻意的保護還有其他傭人秉持著多做事少說話的原則下，林子君才可以安然地躲在角落裡，靜靜地替宋忠宇掌管一切。

讓他可以得到最好的一切、最舒適的照顧，沒有後顧之憂地專心在事業上衝刺。

這是她唯一可以做的，然後等到她覺得自己可以忘了他、重新開始的時候，再徹底地放開手離開他吧！

只是她總是不願意去想，這句話她已經說了兩年多了，一切卻還是沒有改變。

也許是老天爺也看不慣她這種鴕鳥的心態，決定要給她來點命運轉折的戲碼。

她以為自己藏得很好，卻沒有發現小尾巴已經不經意地露了出來，被她的敵人抓個正著。

皎潔的明月高高掛在夜空當中，清冷地灑下了無數潔白的銀光，沿路的樹木草叢隨風搖曳發出沙沙的聲音，沒有帶來夜的寧靜，卻感覺到一絲的詭異。

林子君靜靜跟在江嫂的身後，儘管心裡面有著不安及些許的緊張惶恐，但她還是強迫自己鎮定，腳步下依然保持著優雅。

江嫂似乎想要跟她說些什麼，卻終究還是閉上了嘴。

林子君神情冷淡，頭低低地走著，心裡面卻早已是極度不安。

王伯呢？怎麼一整個晚上都沒有看到他？而且那個男人要見她……在這個時候?!三更半夜的……就算是這樣，也該是王伯來通知吧？怎麼會是江嫂？

「到了，妳自己進去吧……」江嫂支支吾吾了一會兒，才無奈地嘆口氣，「好自為之。」

她目光落在緊閉的房門上，耳邊江嫂急促的腳步聲很快就聽不見了。

好吧！事到如今了，她也沒有什麼好逃避了，該來的總是會來，她也累了，不想再這樣不明不白地糾纏下去。

既然被他發現了……

她沒有敲門，因為他既然叫她來，那肯定會等她，也一定正在等著她。

轉開了門把，她靜靜走入那扇即將改變她未來的房門——

當她看到被綑綁起來的四個人，原本淡然的臉龐出現了一絲裂痕，雙腿忍不住發軟。

因為窗外被綁成粽子狀還昏迷不醒的四個人，正是王伯和宋忠宇那三個情人。

「怎麼樣？意想不到吧？」

冰冷嘲諷的聲音熟悉得令人心碎，在過去她對他的記憶當中，聽到最多的就是這種讓人覺得很卑賤的羞辱語氣。

猛然往聲音的方向望去，發現角落一張紅色義大利名家設計的單人沙發上，坐著一個男人。

是他?!

濕潤的頭髮看得出來剛剛洗完澡，俊美男子身上穿著黑色絲綢長袍，手裡端著一杯威士忌，優雅卻充滿危險地坐在那裡，讓人難以忽略他此時此刻散發出來的殺氣。

俊美男子臉上冷厲的臉像是萬年冰山一樣讓人感到冰凍，殺氣凜凜的目光死死鎖在林子君身上，像是被獵豹鎖定的獵物一樣，無所遁形，也絕對沒有任何一條生路。

「這四個人是妳的人。」這句話不是疑問句，而是肯定句。

那一雙眼目不轉睛地盯著她，那樣強烈專注的神情看得她的心裡一陣一陣的慌亂。

「你怎麼發現的？」她最後也放棄再找什麼藉口了，既然他都已經做到這種地步了，代表他沒有什麼不知道的。

「本來我是真的沒有發覺，一直到來應徵女僕店的一個女大學生說錄取她的是一個女的，而不是王伯，而這個女的讓我越聽越覺得熟悉，最後派人跟蹤，卻發現一椿史上最大的陰謀。」

她別過頭去沒有說話。

「妳真的是把『最危險的地方就是最安全的地方』這句話發揮得淋漓盡致啊！」

「這是我聰明的地方。」她冷冷地回答，腦袋瓜裡不斷想著要怎樣才能解救王伯還有自己。

可是很顯然地——無解。

「林子君，妳真是讓我不好找啊！」

「找我做什麼？」她努力讓自己堅強冷靜。

她不會傻到以為他找她是因為失去後才發現最愛的人是她，狗屁！他沒有把她抓起來鞭打數十、驅之別院就已經是很慶幸了。

果然……

「當然是要告妳啊！」

「告我?!」她臉色一陣刷白，額頭沁滿冷汗。「有什麼好告的？」

「不要忘記了兩年前妳所做的事情，雖然被妳跑了，但是現在又被我抓到了，讓我想想是應該要把妳關進牢裡面呢……還是放在身邊好好地折磨呢？」

「好，就把我交給警察吧！我願意面對司法的審判。」她寧願面對法官，也不要跟他再有什麼糾纏。

「哦？這麼討厭我？那為什麼這兩年來卻像影子一樣無所不在地充滿了我的生活，在我看來倒像是對我餘情未了。」

「不，你錯了。」

「我錯了？妳每天像老媽子一樣替我安排三餐，而且還配給一個全能的管家，這個管家是由妳精心調教訓練的，我只是坐享其成。更加讓人感到噁心的是妳的體貼大方，居然會想到放三個女人在我的身邊，美其名是替我暖床，其實是監視我吧？妳居然從蠻橫的花癡千金進化到控制慾強大的偷窺狂，林子君，這兩年妳也沒有多優閒啊！」

「我只是想要讓我的良心好過點。」

「殺了人又害我差點變成太監，妳以為躲在暗處偷偷摸摸地掌控了我兩年的時間，就是妳彌補良心不安的方法？」

「我不是故意的，要說真正的責任，你也要付一半，誰教你欺騙我的感情？」

「妳憑什麼說我欺騙妳的感情？」

「你……你要了我，怎麼還可以跟別的女生在一起？我什麼都聽你的，這樣還不夠嗎？」

想到那時候她根本就是他專屬的充氣娃娃，床上各種高難度的動作她都做過，配合度簡直號稱百分之一百。

可是這樣委屈自尊的討好，換來的卻是背叛！

「嗯……現在想一想，妳倒是我有過的女人當中跟我契合度最高、配合度最好的床伴。」

原來在他的心目中，她只是高級完美的床伴?!虧她還把這當作愛情。

「現在既然我被你抓到了，你就不要牽涉到其他無辜的人。」

「知道我會怎麼做嗎?對於背叛我的人。」

她抿緊嘴，深深地注視著他。

「那三個女人我會把她們丟到酒店裡，沒有十年八年的休想要脫身！」

「她們好歹也伺候你兩年了，她們除了一開始是我挑選的以外，其他根本就跟她們無關。」

「就是妳挑選的，我才不會饒過她們！」她以為挑三個女人跟他上床就可以彌補得了她當初那一剪嗎?如果不是他閃得快，那她就算挑三百個女人也沒用。

「你！」

「至於王伯，他雖然有點年紀了，不過長得還滿細皮嫩肉的，有的店會喜歡這種成熟男人……」

「宋忠宇，你敢？」

「我有什麼不敢的？」

「你……我警告你快點把他們放了，你這樣是犯法的。」

「哼，不要忘了我以前是混什麼的，妳以為我會怕波麗士大人？」

她氣得頭頂都快要冒火了，可是目光一瞄到掛在外面搖搖晃晃、昏迷不醒的四個人，她就覺得心裡一陣沮喪。

「這樣掛在外面一整晚的話，很可能會重感冒哦！聽說氣象有報導說可能會有雷陣雨……」

「你到底要怎樣？」

「當我的奴隸。」他灼熱的目光鎖定她精緻美麗的臉龐。

那樣充滿邪氣的雙眼裡有股讓人臉紅的火焰熊熊燃燒著，她對這種目光不會感到陌生。

畢竟在那一個月的荒唐記憶裡，他總是用這種好像想要把她吃掉的目光注視著她。

而更可恨的是，她總是因為這樣赤裸裸的注視而被點燃慾火。

但那是以前為愛沖昏頭的她，現在她已經冷靜成熟也長大了，不會再這樣輕易地被勾引、誘惑。

「你未免太幼稚了，現在這個時代已經快要移民到外太空去了，你居然還有這種奴隸思想？」

「我不管以後會移到哪裡去，我只知道我想要一個叫作林子君的小逃犯當我的奴隸！」

她緊握著拳頭，頭壓得低低的。

「不答應？看來妳的自尊還是看得比他們的性命還重要。」他伸手拿起電話。

「你想要做什麼？」她驚慌地問著。

「我突然覺得快刀斬亂麻比較痛快。」

「什麼意思？」

「把他們丟下去──省事！」

「你瘋了，這裡是五樓耶！」下去不死也會半殘。

「是嗎？那很好啊！」

「不要！」她急得伸手抓住他的手，卻被他無情地甩開，一個重心不穩整個人跌倒在地上，還好是地毯，不然她的膝蓋肯定會瘀青一大塊。

「不要亂碰我。」

「宋忠宇，你不要這樣。」

「不要我這樣，那妳應該要怎樣？」

她咬著唇慢慢地爬到他的腳邊，然後顫抖地哀求著，「求求你放了他們，我現在只剩下王伯一個親人了。」

看著她哀求的姿態，聽著她那樣脆弱的哀求，讓他覺得心裡有種復仇的快感，同時卻又覺得一絲的苦澀。

他早就覺得這個女人就像是他心頭的一根刺，每次想要用力將她拔出來的時候，卻發現她刺得更加深入，讓他愛恨交織。

「好，」他伸出手捏住她的下巴逼她抬起頭面對他，然後俊美的臉龐宛如狡詐的惡魔一樣，「妳發誓！這輩子我永遠都是妳的主人，而妳會乖乖地聽話。」

她想要開口抗議，卻被他殘忍地打斷。

「想想王伯。」

她只好閉上嘴巴，然後低下頭不甘心地說：「算你狠！」

「嗯？」他挑高英挺的眉毛，「這是妳對待主人的態度？」

「知道了。」她能怎樣？反正……他再怎樣也不能把她吃了吧？

「叫主人。」

「主人。」

「很好，」他滿意地點點頭，然後手指輕輕撫摸她細嫩的紅唇，慵懶沙啞地說：「讓我想一想要怎樣慶祝我們這對遭受命運捉弄的苦命鴛鴦久別重逢……」

她才剛抬起頭，還沒開口，又被他冷冷地打斷，「外加我得到一個十分滿意的專屬愛奴。」

愛奴?!不是女僕嗎？

也許是她的神情洩漏出她的疑惑，只見他突然間開心地笑了。

「怎麼會是這種表情啊？」

「愛奴……不會是我想的那種意思吧？」她對於自己到現在還在自欺欺人覺得很悲哀。

但是要是他不說出口，那她就會裝傻。

「愛奴跟女僕性質可是大不同的。」一個是在床上伺候主人，一個只要食衣住行伺候主人就可以了。「妳想要的是什麼意思呢？」

她的臉更加燒燙，咬著牙說著：「我以為你很討厭我，不會想……」

「不會想什麼？」

她不想要說出這樣令人難堪的話，要是誤會了他的意思，那這個男人肯定會說出更令人羞恥的話來羞辱她。

他突然間伸手將她拉入懷裡，她本能地想要掙扎，卻聽到他略重的喘息聲在耳畔響起，「看看窗外，再考慮要不要掙扎反抗。」

她的視線落在昏迷不醒的王伯身上，再有不甘終究還是要妥協。

「放了他們！我答應會聽話。」

「真的？」

「真的。」

「怎麼辦?我不怎麼相信妳呢!」

哦,這個可恨的男人!

看著她倔強的小臉,深邃的眼眸閃爍著不知名的光芒,一時間兩個人就這樣僵持在原地,誰也沒有移動。

林子君很想要在他那雙漂亮的眼眸裡看出他現在的想法,只可惜看不出來。

以前看不懂、現在看不透,也許她跟他真的做不到人家說的那種「一個眼神就可以明白對方的心」,是不是因為如此,他們在一起才會這麼坎坷,終究是沒有好的結局?

他動了……

就在她以為他要放開自己的時候,他卻俯下頭,一手揪著她的頭髮,不讓她有退縮的機會。

吻上那略帶冰冷的紅唇,那冰涼細嫩的觸感讓他的心開始不平靜。

他以為自己早已遺忘了,那記憶中吻過她的那份甜蜜滋味——

濃得像蜜,卻更像是會引人上癮的毒液。

他會想要吻她，只是想要證明自己已經不會再被這個可惡的女人左右，可是遺憾的是，當他的唇一黏上她的，貪婪歡愉及迫切的需要就像是被關了千年的野獸一樣，叫囂狂吼著要釋放。

不！不可以！她不是早已明白他對自己有多麼強大的吸引力，更加清楚那份吸引力會帶給她多大的傷害，她已經知道錯了，她想要戒了他，這是她兩年來不斷的努力。

而現在，這份努力卻像是不斷被海浪衝擊的堤防，出現了潰堤的危機。

不行，再這樣下去，她會……會招架不住的……

她用盡吃奶的力氣推開他，然後喘得像是跑了一場馬拉松一樣地指控著，「你想要謀殺我嗎？」

他笑了！

像是惡魔的微笑一樣，看起來有種華麗的性感，卻又隱含著一種強烈的危險。

「我不喜歡揹黑鍋，所以……」他的大手像是在捧西瓜一樣地捧住她的腦袋瓜，「就讓妳看清楚什麼樣才是謀殺！」

「不……」

她話都還沒有來得及說完，他的嘴又再次落下。

這次的吻，根本就不能稱為親吻，應該說是啃咬、蹂躪，他用他的唇任意地在她的唇上擠壓啃咬，還霸道地侵入她的口中，找到她妄想要逃離的小舌頭，然後便貪婪地含住吸吮著。

她快要不能呼吸了……這是懲罰吧？想要用吻害死她……

很快地，一陣黑暗的浪潮就這樣鋪天蓋地襲向她。

她這次真的相信了，他是真的討厭她。

討厭到想要用吻殺死她！

第三章

當林子君回過神來，才發現自己躺在溫暖的床上，只可惜不是她原來的小床。

她也不在自己的房間，而是在他的房間裡——只不過是另一邊。

宋忠宇將兩個大房間打通，一邊當作他的主臥房，另一邊則是專門跟那些情婦翻滾的地方。

她現在就躺在這個大淫窟上，而王伯正滿臉擔心地坐在床邊照顧著她。

「王伯，你沒事吧？」

「我沒事。」

林子君放心地點點頭。

「少爺說以後小姐就住在這個房間，沒有他的吩咐不可以隨便出門，否則的話……」

後面不用想也知道是怎樣威脅的話。

「我知道了。」林子君點點頭，也只能這樣了。

「小姐，妳不應該答應少爺的條件，妳好不容易有機會掌控自己的命運。」

他知道小姐這兩年來有多不容易，就像是要克服弱點的訓練一樣，她覺得自己最大的弱點就是對宋忠宇那種難以抗拒的迷戀，為了要重生，她強迫自己的生活裡面有他，卻也強迫自己不要再對他有任何情感。

像溺水的人為了要學會游泳，不得不一次又一次地下水一樣。

「我不能看到王伯你出任何的事情，絕對不可以。」

「可是妳一旦落入少爺的手裡，恐怕他……」他連想都不敢想宋忠宇會怎樣對付善良的小姐。

尤其是小姐那時候因為嫉妒而失去理智地拿剪刀刺傷了情敵，然後還企圖要剪掉背叛她的男人那不聽話的命根子，嚇壞了好多人。

雖然宋忠宇閃得快，沒有真的變成殘障人士，可是這兩年來也承受不少曖味、同情的目光，讓他足足怨恨了小姐兩年多，無時無刻都想要抓到小姐，然後盡情地折磨，所以他很擔心小姐。

「王伯，不要擔心我，我不會有事的。」

「可是……」

「我累了，想要好好的睡一覺。」

王伯輕嘆口氣，「好吧，小姐好好地休息，醒來我再幫妳煮好吃的皮蛋瘦肉粥。」

「嗯，謝謝王伯。」

不為什麼，就光是這份不離不棄的溫暖及關愛，林子君就決定要用盡一切的力氣守護。

宋忠宇，我不怕你！我已經不再是兩年前那個年幼無知、被美麗的男色迷惑的花癡女了！

這次，管你來硬的、軟的，我都照單全收，然後向你證明，本小姐什麼都沒有，只有不被擊倒的女性尊嚴。

你可以蹂躪打壓羞辱我的身體，但是絕對打擊不了我的心！

新開的豆花店完美又充滿了誘人的氣氛，宛如粉紅色的泡泡一樣在空氣中蔓延，將店裡面每個男人的心都搔得癢癢的。

「這就是你心目中的店？」

一臉嚴肅的男人冷冷地看著自己的兄弟，目光壓根沒有往身邊走來走去、不停擺弄著可愛又誘人姿勢的女僕們。

因為他出門的時候老婆有交代，眼睛不可以亂看，要是亂招桃花回家，那她就帶一雙兒女離家出走！

這怎麼可以？要是為了外面那些野花一般的女人，害他好不容易才找回來的幸福有個什麼影響，那他豈不是得不償失？

更何況他現在的眼睛裡只看得到他的寶貝胖胖，有她就足夠了！

「很棒不是嗎？」宋忠宇笑得宛如春風一樣，讓任何人看了都不會相信他曾經是個脾氣凶狠、手段冷酷果斷的人，更加不能想像他曾經是已經解散的黑幫盟堂堂主。

慵懶得像隻美麗黑豹的男子端著雪白細嫩的豆花細細品嚐著，然後點點頭說：「這還滿好吃的，想來我們家那隻也會喜歡，老三，回家的時候記得幫我打包幾份。」

「二哥的吩咐，小弟當然會盡力辦到，只不過二哥也不要太寵老婆，以前的夢王多麼地瀟灑，對女人可以說是不屑一顧，怎麼現在開口閉口都是你家那隻？」

美麗的眼眸鄙視地挑了一眼過來，口氣不佳地捍衛著自己心愛的小母豹。「怎麼樣？對你二嫂有意見嗎？她可是你二哥我的心肝寶貝，所謂心肝寶貝，當然就是要當成心肝一樣疼愛，難道你喜歡虐待你的心肝嗎？那小心活不久！」

就在這個時候，一個打扮得十分可愛的小女僕靜靜站在角落，跟她身上那套蕾絲女僕裝散發出來的甜蜜感完全是兩回事的臉上，是宛如冰山一樣的面無表情。

看看四周走動的其他女僕們，很明顯地看得出來這個冰山小女僕滿臉的不情願、充分的不合群。

「那種晚娘臉就算長得再怎樣可愛，恐怕也不會招客人喜歡吧？」

宋忠宇目光落在角落的林子君身上，原本如春風一樣的笑臉微微地收斂，深邃的眼眸閃過一絲令人無法捉摸的光芒。

「妳，過來！」伸出修長完美的手指朝角落勾了勾。

原本還在努力催眠自己不過是穿了女僕裝而已，又不是真的變成了女僕，而且這種角色扮演也是佔有一定的市場，這也是一種另類的次文化，沒有什麼的。

可是……林子君還是很想拉拉自己的裙子。有沒有必要這麼短啊？

她從來就沒有穿過這麼短的裙子，壓根就快要遮不住小內褲，更不要說走動了。

雖然小內褲是很可愛的蕾絲花邊，但是不管再怎樣可愛，對她來說還是內褲，是很隱私的，不應該隨便給人家看到的，更不要說大腿上的吊帶襪了。

要是真的女僕們穿著這套衣服做家事，那能有多少效率打死她也不信！

所以她一換上這套衣服，就已經打定主意了——

她要當尊雕像，堅決不動。

「林子君，過來！」

聽到一聲高高在上的命令，林子君看向店裡那套義大利進口沙發上面四個截然不同的完美男人。

不管哪一個出場都絕對會吸引所有人的眼珠，更不要說是女人的。

其實她覺得根本就不用開什麼女僕制服店，有了這四個男人當鎮店之寶，豆花店根本可以改開豆漿店了。

保證大門會被那些飢渴的女人踩破，店裡會被腐女、宅女、豪放女坐滿。

「呵，沒想到你一個出錢又出力的大老闆還使喚不來一個小女僕？」沈夢爵輕嘲地說著，然後又在餐單上畫了幾種口味的豆花，這些都是他嚐過滋味不錯的，準備帶回去給小笨蛋吃。

被兄弟嘲笑感到臉上無光的宋忠宇馬上起身，大步優雅又尊貴得像是出巡的國王一樣，往角落的女僕走去。

瞧著他一步步地靠近，就算自己這五年來努力培養的冷靜，也似乎要失去作用，她狂跳的心不斷告訴著自己，只要在他的面前，自己那層層努力包裹的冷漠防備就脆弱得可笑。

背對著自家兄弟的男人，俊美的臉上不再是宛如春風般的笑容，而是冰冷專注的瞪視。

當她發現不對勁的時候，人已經被他粗暴地連拖帶拉往後面走。

店後面是一條窄長又隱密的逃生通道，這個時候絕對不會有人經過。

「不要碰我！」

這句話她不說也許還不會怎樣，可是一出口卻徹底惹火了男人的怒火。

大手一把將她像是抓娃娃一樣地抓到自己面前，然後低著頭將自己的俊臉就這樣囂張地貼近她。

「怎麼？想要自毀承諾？」

灼熱的、屬於他還夾帶著些許甜甜豆花香的氣息鋪天蓋地襲向她，天知道她必須要用多少力氣才能保持冷靜。

「你要我來店裡當免費的勞工我也來了，讓我穿這麼淫蕩的衣服，我也穿了，還想怎樣？」

「淫蕩？」他冷笑一聲，然後壞壞地說：「人家都說，一個人的心裡想的是佛，那他看其他人就都是佛；而妳看到這件制服覺得淫蕩，就代表妳的腦袋瓜裡充滿小玉西瓜。」

「哼，不要忘記手指指著別人的同時，有四根是指著自己呢！」

她張著一雙漂亮的眼睛強迫自己勇敢地回應著他，她知道他的脾氣的，她不可以低頭，不然他就會像是追趕獵物的黑豹一樣，乘勝追擊，直到他開心玩弄到他膩了為止。

只有面對他，才能讓自己獲得一絲的機會。

「妳說得沒錯，我不否認這些穿著可愛性感的制服女僕們充分滿足了我的性幻想，而我這個人可是很大方的，願意將這份美好分享給其他的男人。」

什麼？這麼說她也淪為其他不知名男人腦海裡面的性幻想對象了?!

不可原諒！

「難道你也對我有性幻想？」她故意給他難堪地直接逼問。

本來以為他會惱羞成怒地否認，卻沒有想到他卻是伸手捏著她的下巴，然後左右轉動，像是在挑選貨品一樣地審視著。

「看在妳這兩年來沒有長歪的份上，也許今天晚上可以來試試看。」

這個不要臉的男人！不要臉……不要臉……不要臉……

「你不是恨我、討厭我？那就忽視我，把我當成隱形人或是討厭的蟲子嘛！」

他輕輕捏住她可愛卻倔強的小小下巴的手搖晃了幾下，以一副紈袴子弟調戲良家婦女的姿態冷笑著。

「小討厭鬼，就算我再怎樣討厭妳，也不會忘記妳曾經帶給我的快樂啊！雖然說也是因為妳那身為女人天生可怕的嫉妒毀了我身為男人的快樂，可是現在妳又落在我的手裡，想想我們之間糾纏的新仇舊恨，怎樣我都不可能把妳當成隱形人或是討厭的蟲子。」

「那你……」

他的手勁加強了！林子君覺得自己下巴可能下一秒就會碎掉了。

也罷，如果自己毀容了，那就不需要穿這麼害羞的女僕衣服，在那麼多的男人面前走動了。

彷彿看出她心裡的小心思，他鬆手了。

下一秒，她整個人被用力地按入他的懷裡，只聽到他原本的怒火居然轉為一陣笑意。

笑什麼?!

「小討厭鬼，妳還不知道自己的立場嗎?妳以為妳有什麼辦法可以抗拒我的命令?」

「為什麼沒有?也許我現在真的沒有，而且我對你還有些許的罪惡感，我想要做些什麼好讓自己的良心好過點，可是不代表我整個人都賣給你了!」

「為什麼要這樣說?妳難道還想要否認妳的心嗎?」

「我的心?我什麼心啊?」她心虛地說著，「我的心是我的，不會出賣給任何人。」

「哦，是嗎?」

「就是。」

她突然間感到火大，沒錯，也許她面對他還是會感覺到心慌意亂，他的靠近還是會讓她幾乎無法呼吸;但是，那又怎樣?

她就算對他還是餘情未了又怎樣?她已經清醒了，知道這個男人是史上最可怕的毒藥，一不小心就會上癮，然後再也無法抗拒得了他。

她當初也真的是這樣子以為，可是殘酷的事實證明了，只要願意，她還是可以勇敢地向他說不。

沒錯，她可以的，不會有問題的，她不是已經對他冷眼旁觀了這些年嗎？

雖然她搖控著王伯完全掌控他的生活，但那只是她想要安慰一下自己的良心，畢竟當初她太過衝動了，導致後來……

見到她居然在恍神，宋忠宇突然像是捧西瓜一樣地捧住她的腦袋瓜，然後便是一個霸道的親吻。

「不……」

霸道的舌闖進了她的口裡，抓到她無力閃躲的小舌，含在唇中粗暴地吸吮了起來。

她無法出聲，也沒有辦法掙扎，最後只能放任他像是飢渴的野獸一樣蹂躪吸吮。

她覺得自己好像一瓶美味的飲料，讓他這樣忘情地吸著，舌間都幾乎要發麻了。

但是被他吻得頭昏腦脹的同時，她也發覺到自己的小腹開始發熱。

彷彿察覺到她的身體起了變化，他的大手也毫不客氣地摸上了她的胸口，狂妄地揉捏著。

「等一下，不要這樣……」

男人強壯寬闊的胸膛包圍著女人嬌小柔軟的身體，這樣的比例令她感到自己好像一隻被掠食者逼入絕境的小動物，只是在做最後的掙扎而已。

他沒有理會她的抗議，反而盡情吻著她，她想要掙脫這一切的混亂，但為何她的理智在這一瞬間彷彿陷入了無止境的狂流中，天旋地轉的，她只能緊緊捉住他的雙臂，好讓自己不沉淪在那一片迷醉的熱潮中。

掀開了她的上衣，拉扯開粉紅色的蕾絲胸罩，一片雪白的肌膚霎時進入眼底。

大大的雙手邪恣地愛撫著她早已翹挺的乳尖，只見粉紅色小點散發出誘人的光澤，襯得她的雙峰如白玉般光滑無瑕。

他的雙手不斷探索、愛撫著她胸口迷人的肌膚，他的手像火一般，所到之處都足以燃燒起她體內的火苗。

隨著她急促呼吸而上下起伏的小蓓蕾，凸出變硬像是兩顆小紅豆，引誘著人想好好的舔弄憐愛、品嚐一番……

他張口含住顫抖的小豆，用力地吸吮著，另一手也揉捏著另一只白嫩乳房，她忍不住深深地倒抽一大口氣。

她感到自己的身子因渴望他而不斷顫抖著，而他的大手渴切又貪婪地摸索著她每一吋美妙的肌膚。

當他的手從她平坦的小腹滑過時，她的身子弓向他，小口低吟出誘人的嬌叫，她的手捉住他的手臂，卻阻止不了他更往下移動的動作。

他的大手很快就從裙子底下探索到小小的內褲，並且用手指輕輕滑動著，很快就感到有股濕意沾染了那小小的布料。

「別這樣，我要生氣了……」

「生氣啊！妳不知道妳生氣起來也很可愛嗎？」

「你！」這個淫蕩的男人是在跟她調情嗎？林子君漲紅著臉不敢相信地捶打著他。

當她又羞又氣的時候，他卻乘機拉扯下她的蕾絲小內褲。

「啊！別……」

她羞紅著臉想抗拒他的愛撫帶來的快感，那令人虛軟又無法喘息，手指撩撥著她早已微濕的稚嫩花瓣。

她的雙手緊緊捉住他的肩膀，香喘吁吁地扭動著嬌媚的身軀，白裡透紅的肌膚呈現迷人的桃紅色。

突然間她覺得他離開了自己，忍不住喚了他的名，「宋忠宇？」

接著，她感覺到自己的臉快要燒起來了，因為，他居然蹲了下來。

這樣子的話，她的祕密花園就全落在他的眼裡了……

「不要看……」

「害羞什麼？我們都這麼熟了。」

「你……」誰跟他熟啊？她氣得想要對他大吼。

她正想伸出手掐住他的脖子，卻突然間輕吟一聲，瞬間覺得自己的腰部一陣酥麻。

低頭一看，原來是他的大手開始不安分。

他看到從粉紅小穴中滲出微微的濕潤，便伸出修長的手指輕輕分開那潮濕的花瓣，只見小穴裡溢滿了愛液，柔軟的花蕊紅紅的，顯得嬌嫩無比。

「不要這樣……」

才剛恍恍惚惚地想著要阻止時，她卻發現有個灼熱的氣息噴在自己細嫩的大腿內側，她訝異地一看，還來不及抗議，便一陣腿軟。

他居然把臉靠近她最細嫩的花瓣，低下頭吸吮著她甜蜜的花核，舌頭還偷溜侵入花瓣的中間，施以最折磨人的挑逗。

邪佞的舌尖在雙腿間邪肆地舔動，她只覺得渾身火熱酥軟，沒有一絲力氣。

尤其是當他火熱的舌尖舔到小花核時，她的身體就會忍不住一陣陣地顫抖，快樂的火花一波波衝擊著她。

就在他認為時機已經成熟，他可以盡情採收果實的時候，卻聽到外面有人說話的聲音。

就像是一盆冰冷的冷水從頭上澆下，林子君這才猛然發現身在何處。

他們居然在這個有可能會有人經過的地方，而且還是大白天，就……就幾乎要那個了?!

看到他掏出早已蠢蠢欲動的慾望，她做出了連她事後想起來也會後悔的臉紅行為——

將它塞回去他原來的地方！

「不可以！」

「妳……」

「光天化日之下，你是禽獸嗎？快點恢復人性吧！」

他狠狠地瞪著她，然後又動手將他的兄弟釋放出來。「不恢復。」

「快點變回人吧！」她一咬牙，又將它塞回去。

他又放、她又塞……

「林子君！」他咬牙切齒地吼著，她以為這樣很好玩嗎？難道不知道他已經快要爆炸了嗎？沒有消退就這樣硬塞回去，對男人來說有多麼的難受，她不知道嗎？

「求求你。」她輕聲懇求著他，雙手只能無力地抵著他的胸膛。

宋忠宇盯著她原本紅咚咚的小臉已經被一絲的蒼白取代，強迫冷靜的眼底閃爍著壓抑不住的恐懼。

「難道妳不想要解開我的衣服？」他語帶誘惑地低喃著，一邊輕咬著她可愛的耳垂，「難道妳忘記了撫摸我的感覺了嗎？」

來了！惡魔般的誘惑，甜蜜又令人難以抗拒，要是屈服了，迎接她的將是永無止盡的墮落。

她不怕男女之間的魚水交歡，怕的是貪歡之後要怎樣收回自己的心，要怎樣面對眼前這個讓她又愛又恨的男人？

「我早就忘了。」一咬牙，她用力地推開他，然後轉身快步離開。

「也許妳的良心也該想想王伯。」冰冷無情的話語在她的身後傳來，令她的腳步猛然停頓一下。

然後她咬著下唇推開了門，逃離了他。

半路遇到一個可愛的小女僕，林子君記得她叫小米，才剛滿十六歲，因為家境不太好，所以才會來應徵，不得不說高薪輕鬆的工作很吸引人。

「子君姊，妳臉好紅哦！」

「是嗎？」林子君強迫自己冷靜，然後自然地摸摸自己發燙的臉龐，「可能是天氣太熱了。」

就在這時候，一抹高大英挺的身影優雅地出現在她的身邊，然後伸手親熱地摟過她的肩。

「怎麼了?不舒服?是不是我剛才太粗暴?」

林子君看到小女僕眼睛猛然睜大，臉上瞬間充滿了各種表情，眼底冒出不敢相信，甚至於帶著濃濃嫉妒的刀光刺向她。

久違了!這種嫉妒的殺氣。

想到之前糾纏他的時候，自己遭受到的這種殺氣可以說是只有更多，但是那時候像是入魔的她壓根不把它當作一回事，因為那時候的她給靠近他的女人更多嫉妒凶狠的殺氣。

甚至於所有小說裡面邪惡的女配角該做的事情，她也全都做過。

當初她怎麼就沒有察覺到自己的行為壓根就不像是女主角該做的?只是像極了愛不到、求不得的女配角一樣，在他的面前極盡所能地手舞足蹈，簡直就像是跳梁小丑。

她用力地推開她，卻連瞪他、跟他生氣的力氣都沒有，因為他剛才的威脅

——

是啊，她是該想想王伯了，畢竟王伯是無辜的，雖然王伯從小就在她的身邊，雖然以前她常常理直氣壯地指使王伯，把王伯當成一個她家的奴才般使喚

著；但是她長大了，她知道錯了，這個世界上除了死去的父母親以外，唯一會沒有任何條件地愛她、關心她、為她犧牲一切的人，就只有王伯了。

如果不是她任性，不死心地想要待在他的身邊，想要彌補一下自己不安的良心，也不需要王伯這樣辛苦地去伺候這個惡魔。

到現在還淪落成為威脅她的人質，她真是害人又害己。

想了想，連她都覺得自己很討厭自己了，為什麼對這個男人還會有餘情未了的感情？要是她真的清醒了，應該要把這個男人狠狠地踢開，看哪兒涼快哪兒去！

「小寶貝，還氣我啊？下次我保證會溫柔點……」他邊說話邊撫著她細嫩的小臉，然後親暱地落下一個個溫柔的親吻。

陰謀！

這個男人好毒，居然耍這種心機？難道他不知道整間店裡面的女僕們早就把他當成主人一樣地愛慕，每一個都恨不得獲得英俊高貴的主人一絲的寵愛嗎？

可惜宋忠宇對每個小女僕都是一視同仁的態度，也就是標準的「個個有希望，個個沒把握」。

也因為這樣，所以店裡面才得以維持表面上一團和平快樂的假象，如今他居然不顧店裡面會引發可怕的內部鬥爭，任性地破壞了這份平衡。

為的就只是要把她推上浪尖風頭！

果然啊，他還是討厭她。

但是，他以為這樣子就可以折磨到她嗎？

要知道對付這個男人、戒掉這個男人，唯一的方法就是不要愛他。

只要不把他放在心上，不要在乎，那就算她對他的親吻還有感應，對他的愛撫還有反應又怎樣？不過只是男女之間的化學變化，單純的生理反應，過去了之後就不會傷害到她。

「老闆，我該去伺候外面那些主人了。」她口氣出奇地甜蜜，表情不再像剛才那樣僵硬、難為情。

「畢竟現在我的角色是女僕。」她加重語氣強調著，整個人彷佛真的化身溫馴聽話的小女僕，拿起菜單露出最溫柔的微笑替一個害羞的男生點餐。

就這樣把他丟在一邊，就好像……她根本就不在乎一樣！

宋忠宇神情複雜地看著她忙碌的背影，瞪著她臉上那溫柔的微笑，渾然不知自己身上那種讓人覺得像是王子一樣的優雅全然消失，全身上下都似乎要冒出冷冽的殺氣。

不知過了多久，他突然露出一抹壞壞的邪笑。

他還真的是被這個小討厭鬼給氣傻了，差點忘了他手上有王伯。

哼，林子君，不要以為妳不理我就沒事了，我會讓妳清清楚楚地知道，沒有人可以忽略我！

努力周旋在客人之間的女人不理會身後那雙幽深的眼眸，哪怕那雙眼睛快要刺穿了她。

那，又怎樣？

第四章

晚上，林子君下班從店裡面回來，只感覺到自己全身痠痛，小腿也隱隱抽筋著。

看來自己還真是缺少鍛鍊。

不過也不能怪她，因為她從小就是嬌嬌女，哪有像今天這樣走動了一整天，還被趕到廚房去洗碗？

沒錯，當那個招惹了一大堆桃花債的男人不負責任地甩頭就走之後，她馬上就像是被留在狼群裡面的小綿羊一樣。

她立刻堅決地表示自己對那個桃花大王一點邪念也沒有，只差沒有排香火點香跪著跟天地發誓了。

儘管這樣，她還是被排擠得很嚴重。

但是，管他的！那個男人不是說只要她乖乖地聽話，就不會找她或是王伯的麻煩？既然這樣，那她又何必理會其他人的嫉妒呢？

要知道她原來豪門千金的身分早已讓她化身為箭靶，加上自己漂亮的容貌，如果不是遇上了那個冤家，她現在很可能正在享受身邊一堆貴公子包圍的女王生活。

吃完了王伯細心準備的宵夜，順便安撫一下他擔心的情緒，再三保證那個男人不會傷害她，王伯才放心地回房休息。

自從父母親離去，留下了豐厚的家產，那些貪婪的親戚都想要從她的身上分到一杯羹，可是全都被她跟王伯兩個人聯手打擊，讓他們的詭計全部落空。

這兩年來因為她插手了宋忠宇的投資理財計畫，更是將自己的財產分出三分之一拿出來當作慈善基金，幫助這個社會上弱勢的團體。

另外三分之一投入市場，讓錢滾錢，也好成為基金的後援。

最後三分之一就是自己的生活費，儘管如此，這三分之一還是足以讓她過著很富裕的生活。

同時她也決定要再分一半給王伯，讓王伯下半輩子可以毫無顧慮地過日子。

她從來不覺得有錢是多大的罪過，而她更是喜歡自己的錢可以賺更多的錢，畢竟有了錢，她可以做很多自己想要做的事情。

不管是善事或是壞事，都是需要有錢來當磨推的，不是嗎？

舒舒服服地洗了個香噴噴的熱水澡，她邊打呵欠邊走到鏡子前面，然後拿起名牌保養品開始在臉上塗塗抹抹。

她深信沒有醜女人，只有懶女人，而且只要是人都無法脫離生老病死的大地規則，那她生活在這個地球上，又如何避免得了這個規則？所以細心保養成了她的習慣。

「妳們女人就是愛這樣塗塗抹抹的。」

她一愣，這才從鏡子裡發現大床上躺著一個可疑的人形物體。

「你在我床上做什麼？」

宋忠宇露出一抹宛如桃花春風般的微笑，理直氣壯地說：「當然是等著妳上床睡覺啊！」

「想要找人睡覺，請出門口往右轉到底，那裡有三個嬌美火辣又性感的女人供君選擇。」

「妳的語氣真像是老鴇。」他惡意地說著，「不過妳的確也是，畢竟那三個女人都是妳精挑細選給本少爺暖床的。」

「既然如此……」

「那三個我已經玩膩了。」

她靜靜地坐在椅子上，瞪著下了床正一步步走向她的俊美男子，心裡面暗自低咒著：可惡的男人！為什麼要長得這麼合她的胃口？

「我已經把她們都送走了。」

看到他一步步地向自己走來，她的心臟就不由自主地開始打鼓。

聽到他說已經將人送走了，林子君心裡不由地感覺到一陣歡喜。

沒想到美男的威力還是十分強大，過了兩年依然那樣輕易地讓她發暈，同樣也讓她產生了嫉妒心。

「既然這樣，那我不介意再幫你挑幾個新鮮貨。」

他已經來到她的身後，伸手撩起她濕潤的長髮，然後拿起毛巾替她擦拭著。

她沒有動，正所謂敵不動、我不動。

任由他將頭髮擦了有八分乾，她拿起保養頭髮的乳液，他又順手拿了過去，大手恣意地在她濃密的髮間穿梭著，手法溫柔又專業，像是天生吃這行飯的。

「之前沒有辦法親自問你，這次你可以提出意見，說說想要哪種類型的美女來溫暖你的床……啊！」

她的頭皮馬上傳來一陣劇痛。

「妳別裝大方了，」他的爪子正惡劣地抓著她的頭髮，「妳以為我會忘記妳那眼底容不下一粒沙的嫉妒心嗎？以前妳怎樣使盡手段跟心計趕走糾纏我的女人，我可是全都看在眼裡。」

是啊，看在眼裡，卻沒有阻止她或是伸出援手，只是一副事不關己地冷眼旁觀著，任由她為了愛他而入了魔，像個歇斯底里的瘋女人一樣，對著任何一個糾纏他的女人開刀。

如果要說那時候的她像什麼，應該是所有人都討厭至極的炮灰女配角。

而她也的確不負所望地當了一個華麗麗的炮灰，然後狼狽萬分地落荒而逃。

現在就算再次被他抓住，可不代表她還願意繼續當炮灰。

就算對他依然會動心，依然會有那強烈到讓她羞恥的慾望，可是成長的痛苦還是多少有阻止她衝動的效果。

「反正那三個女人已經被我送走了，以後不會再出現在我們之間，妳也別再找人家麻煩了。」

聽聽，那口氣好像她下一秒就會找人去把那三個女人滅了一樣！以前可能會，但是現在……哼！她沒那個興致。

連女人都可以替他安排了，她覺得自己長大了，也變大度了。

換句話說，要是在古代，她已有資格當大宅門裡面的當家主母了。

畢竟當家主母第一條件就是要大度、不善妒。

只可惜這個男人不是她身分證上合法的配偶，她沒有資格也懶得再為他爭風吃醋了。

雖然不知道自己是不是真的可以做到，但是目前她會盡量努力。

「好，我不會找她們麻煩。」她沒有意義地回答，這也不過是順著他的話而已。

「以後也不需要再幫我找女人了。」

她訝異地挑高了秀氣的眉，一雙像是小貓咪一樣又大又圓的眼睛透過鏡子瞅著他，那副模樣讓他有種想要將她摟入懷裡用力揉著的衝動。

而他也的確是這樣做了。

「我以後就專心對付妳一個。」

什麼意思？怎麼有種被毒蛇盯住的恐怖感覺？

他不顧一切地狂吻著她，想將她的嬌嫩甜美全都烙印在自己心中，顧不得她的反抗。

火燙的舌尖不斷撩撥著她，性感的唇不斷吸吮著她口中甜蜜的津液。

「等一下……」她快要不能呼吸了，小手無力地想推開他，但全身酥軟的她只能喘息地被他摟入懷中，迷亂地承受著他的吻。

大手一把扯開她身上的浴袍，只見白嫩有彈性的乳房隨著衣物的解放而彈跳出來，雪白的肌膚晶瑩剔透，宛如一碰就會破似地。

她那兩枚誘人的粉紅色小蓓蕾，在他令人窒息的目光下逐漸變硬，宛如含苞待放的小花蕊，引誘著飢渴的人去碰觸、去吸吮、去品嚐那份甜美滋味……

「不要……」她漲紅著臉抓住他的頭髮想要拉開他，卻一點效果也沒有。

黑色的頭低下，性感的唇張開，含住一朵溫暖渴望的小蓓蕾，另一手則在她另一邊的玉峰上肆意揉捏著，並用手指拉扯揉搓著她變硬的小蓓蕾。

「啊……」她整個人顫抖地扭動著，無法抗拒他的愛撫及吸吮著她的胸前時那陣陣令人酥麻的軟弱感受。

他的雙手不斷地探索、愛撫著她全身每一吋迷人的肌膚，所到之處都像是火一般，燃起她體內的火苗，她覺得自己彷彿快要燒起來似地。

「住手……」

她想要逃避他火熱的舌，他卻霸氣地硬要她跟他糾纏在一起，令她的理智隨著他那逐漸加重加深的吻而被拉離。

「不行……不要這樣……啊……」她嬌紅的粉頰沁出了些微香汗，櫻桃小口微微張開，不斷逸出嬌吟。

她白嫩的肌膚因為激情而泛出迷人的櫻紅色，髮絲散亂、星眸微閉的模樣，真是令人銷魂。

這樣柔順的她多令人心動，足以令天下男人渴望，而可以擁有她的男人卻只有他一個。

他的心中充滿了得意，他把她的雙腿分開，大手在她細嫩的肌膚上移動著，然後二話不說霸道地拉扯掉她小小的內褲。

感受到他灼熱的目光落在她的雙腿之間，身體不由自主地想扭動。

他火熱的舌尖一碰到稚嫩的花瓣，令她忍不住叫了出來，強烈的慾望令她全身似落葉般顫抖著。

火熱的舌尖飢渴地汲取著她的清香愛液。

「宋忠宇，我……」

「想要了嗎？」

才沒有……「啊！」

他一把將嬌小的她抱起來，然後往床上一丟。

這一丟，可把她迷亂的心魂給丟回來了。

她訝異地發現自己剛剛是怎麼了？不是說好要守住心魂，不管怎樣都要對他冷淡到底嗎？不給反應的話，他也就會覺得意興闌珊了。

可是不知道什麼時候她居然會被誘惑了，這個男人實在是太可怕了，經過了兩年，對她依然擁有那樣強大的吸引力。

不行，要快點逃離……

但是還沒有來得及起身，他便像是惡狼撲羊一樣地撲了上來。

這次她鐵了心地要裝屍體，只求他會覺得無趣而放過她。

緊握的拳頭不敢有一絲的鬆懈，生怕自己一個失神，又會再次陷入他那致命的誘惑中，然後又重蹈了兩年前的覆轍。

她的沒有反應終於讓他發覺了不對勁，同時也發怒了。

「怎麼？以為躺著不動就行了嗎？」他偏偏就要讓她躺在自己的身下風騷淫蕩地扭動著。

一把抓住她纖細的腰，腰桿一個用力地挺進。

「啊！」她忍不住一陣急喘，感覺到自己被他覺醒膨脹的慾望像燒燙的鐵棒一樣插到底，就這樣囂張地塞得滿滿的。

「不要……」

宋忠宇才不管她的哭啼，只是放縱自己的怒火隨著渾身上下被點燃的慾火，直衝猛撞著她緊密的花徑。

她的緊繃抗拒反而將他吸得更緊，更加讓他興奮不已。

「乖一點，這樣才討人喜歡。」他緊握著她的腰放縱地搖晃著，濃重的喘息透露出他現在十分舒服。

聽到他像是安撫小貓小狗的語調，讓林子君清醒了一點，她隨即放下抵在他胸口推拒的小手，無力地垂放在床上，將臉別過去。

閉上了雙眼，她告訴自己不要給他任何反應，讓他自己忙去，她死都不會在他的身下發出羞人的呻吟。

這是她身為女人堅持的尊嚴。就算要她發浪，要她像個蕩婦一樣地回應，那也要是她心甘情願的情況下，而不是這種蠻橫不講理的脅迫。

「叫啊！怎麼不叫了？」

「不爽叫。」她冷冷地回他，一點也不想要再給他面子。

「不爽？我讓妳感到不爽了嗎？」他咬牙切齒地逼問著。

其實……才不是！相反的，她覺得很有快感。只是她不能說，也不想說。

他都還在她的體內攻城掠地，橫衝直撞，感覺到舒服得快要升天一樣，本以為她也跟他同樣感受到天堂的存在，同樣覺得很舒服，欲仙欲死，就像以前兩個人的肉體是那樣地契合，每次的親熱都像是上了天堂一樣。

結果她卻別過頭去閉上眼睛，一副難以忍耐卻又必須要承受的模樣，口氣厭惡冰冷地跟他說她不爽？這簡直就像是一把冰冷的刀殘忍無情地插入男性高高在上卻脆弱無比的自尊。

怎麼可以讓他床上的女人這樣鄙夷地說出這樣的話？

「是嗎？這妳恐怕要負一半的責任，如果不是妳剪過它，相信它依然還是有五年前讓妳哭喊求饒的威力。」

他的話讓她的心一震，而這一震，讓她的防備迅速崩潰。

「胡說！明明就沒有剪斷，只是劃過流一點血而已。」

「哦？原來妳很清楚嘛！」

宋忠宇嘴角勾出一抹邪氣的笑，大手覆蓋在她粉嫩的酥胸上恣意揉捏著。

「但是男人那話兒可是尊貴得很，一點差錯也不能有，更不要說被妳那樣粗暴地用剪刀劃過還流了血，所以就算妳對它有什麼不滿意，也得承受著。」

這個不要臉的男人……不要臉！不要臉！

宋忠宇低頭吻住林子君峰頂上顫抖的小紅豆，舌尖逗弄其挺立了，雙手恣意地撫摸羊脂般滑嫩的肌膚，聽她由拒絕逐漸轉成連連嬌喘。

「怎樣?這樣子爽不爽？」他的唇像是霸道的掠奪者一樣在她身上狂妄地佔有著，從纖細的肩膀到甜美的酥胸，全都不放過。

「宋忠宇，你……下流！」

「是啊，我就是下流，怎樣？」他壞壞地說著，低下頭伸出舌頭輕舔著她的唇，腰部沒有停止地擺動著，「偏偏妳就是愛死了這樣下流的我。」

「啊……不要……」她發現自己的身體因為他的碰觸，瞬間似火燒一般，他厚實的手掌傳來的電流遍及四肢百骸，流經之處都留下了烙印，令她感到一陣酥麻。

他將嬌軟無力的她翻過身，雙手抬起她雪白的臀對著他，然後不理會她的抗議，又是狠狠地佔有……

「不……」她只能無力地翹著屁股、擺動著身子迎合他的律動，儘管全身酥軟無力，但她還是隨著他一次次狂烈的佔有而不由自主地發出嬌吟……

「宋忠宇……」她忍不住喘息著呼喚，他的手像是火焰一樣，每掃過一處，就讓她感受到一次震撼。

隱約的喘息聲和斷續的呻吟令空氣中的氣氛充斥著淫靡，男人仰著頭激烈地喘氣，不斷加快的速度將快感一點一點地帶往慾望的頂峰。「子君——」一聲忘情的吶喊，她只感覺到自己的身子被牢牢地鎖在宋忠宇懷裡，接著便是一陣令人難以承受的攻佔，她幾乎是無法控制地尖叫出聲。

隨即她的身體一陣強烈地顫抖，鮮嫩的花徑猛烈收縮著，在她身體裡面的男人也是身體一僵，隨即一陣戰慄，滾燙熾熱的液體充斥著整個花穴，激射在敏感的一點。

宋忠宇毫不客氣地趴在林子君身上，宣告著兩個人之間的激情之戰告了一個段落。

至於誰是征服者，誰又是被征服者，對緊緊相擁熟睡的兩個人而言，已經不是那麼重要了。

● ● ●

細碎的陽光透過店裡華麗的花紋玻璃照進了店裡，彷彿空氣中還伴隨著陽光的氣息，一聲聲可愛甜美的女聲吟唱旋律如春風一樣迴盪在空間裡，那豆花濃郁的香氣深深沁入眾人的心坎裡。

這間豆花店裡不但有可愛的女僕、甜蜜幸福的氣氛、好吃美味的豆花，同時也常常會發現有不同的客人出現。

最近讓大家目不轉睛的，是一個萌到不行的稚嫩花美男。

雖然對林子君來說，宋忠宇再怎樣討厭，在她的心目中還是把他當成史上最好看的美男子，因為她到目前為止都沒有看到比他還合自己胃口的菜。

有時候她會不自禁地問著，她是不是前輩子中了他什麼詛咒，還是被他下了迷心蠱，怎麼這輩子再怎樣抗拒，終究還是會屈服在他的淫威下，變成被他吃得一乾二淨的美味佳餚？

可是現在似乎有些不同了，至少這個花樣美少年一出現在店裡的時候，吸引了所有人的目光裡，也有她的。

「這個……對不起，我沒有叫這個……」俊秀的小少年害羞地說著，那副模樣真的讓人看了很想要撲倒他，然後再狠狠地蹂躪。

「這個紅豆豆花吃了可以讓人恢復元氣，心情也可以平靜一些，這碗是我請客的。」

林子君一身萌到不行的女僕打扮，雖然這是店裡的制服，可是穿在不同的人身上，襯托出來的氣質就會不同。

而外表冷靜優雅的她就算是穿著女僕裝，臉上掛著滿分的標準微笑，可是散發出來的氣質卻讓她跟店裡其他的女僕有強烈的不同。

就彷彿是女僕中的公主、女王一樣，不要做什麼，只是靜靜站在那邊對你微笑，就會感覺到一種很想要臣服在她裙子下的衝動。

「謝謝。」

「不要這麼客氣，來到店裡的每個客人都是我尊敬的主人啊！為主人分憂解勞是我們做女僕的工作。」

雖然這句話是標準的官方用語，但是對於這個已經來店裡面三次卻總是點了一碗白豆花發呆的美少年，林子君還是很願意靠近他的。

「對啊，聽說這家制服豆花店的特色不只是有可愛的女僕店員，而且每個都還可以聽客人談心，真是滿不錯的。」

是啊，這是我們家那個無良的老闆大人想出來的，他還以為自己是古代的青樓老闆，異想天開地命令店裡面的女僕多負責一項陪客人聊天的工作，只差沒有賣身帶出場了。

更加奸商的是，聊天不是光聊天，這過程裡面要消費滿五百元才可以挑選自己喜歡的女僕坐下來聊聊天、談談心事，時間也限制只有三十分鐘。

而拉客越多的小女僕，月底的紅利獎金就越高。

可以把一間單純的豆花店經營得這樣充滿青樓風味、酒家氣氛的，全天下也只有他——宋忠宇一人了。

「那個……妳介意陪我聊一下天嗎？我沒有什麼意思，只是我現在心情很亂，又不知道要找誰說，我……」

林子君看著他慌亂的紅臉，覺得他真的很可愛，像極了自己小時候喜歡的一個幼稚園小男生。

嗯，對啊！怎麼沒有想到自己的初戀情人也許根本就不是那個桃花大魔王，如果沒把他當成初戀情人的話，那他對自己來說就沒有那麼在意了吧？

伸出優雅的手指指著桌上的菜單，「要我陪你聊天可以啊！可是你要消費五百元以上，我才能陪你聊三十分鐘。」

「好，沒問題了，我付！我付！」他拿出一疊千元大鈔，然後漂亮的小臉一臉期待地說著，「這些全都給妳。」

林子君看了眼，嘴角露出更加溫柔的微笑，然後將那疊鈔票抽出一張塞到他胸口的口袋裡，然後輕拍了幾下，體貼地說：「記得留車錢回家。」

「謝謝。」被那小手拍過的胸口心臟狂跳。

「好了，有什麼心事跟我說吧！不要擔心會洩漏出去，我這個人沒有什麼太大的優點，只有一個，就是嘴巴緊。」

「其實……有一個人前幾天跟我告白了。」

「嗯！」她點點頭，心想著感情的問題果然是天下最常遇到的。

「可是我不知道該不該接受。」

「你討厭她？」

「不，事實上，我還有點喜歡他。」

「那她長得不好看？」

「不，他是全班長得最好看的。」

「那她品行不好？」

「不，他是班長。」

「那她家裡很窮？配不上你？」看他一出手就是那麼一大疊，家裡面肯定也是有底的，這種家庭最講究的就是門當戶對了。

看來也只有她這個豪門千金是怪胎了，居然會要死要活地愛上一個大流氓。

不過小姐與流氓，這種搭配也沒有什麼奇怪，連迪士尼都出過這種題材的動畫，只不過人家是喜劇結尾，她卻是悲劇加八點檔連續劇的收場。

不，也許還沒有收場，現在她跟那個桃花大王不是正在上演以前九點檔的花系列嗎？糾纏不清、恩怨情仇啊！

她漫不經心地替他攪著碗裡的豆花，讓碗裡的紅豆滋味更加均勻。

其實她雖然有心想要了解一下這個美少年為了什麼事情在煩惱，但更大的動機其實是想偷懶一下。

雖然才工作不到一個星期，但她幾乎每天都沒有機會可以坐下，再這樣下去，她的兩條腿可能就要走斷了。

而更可恨的是那個桃花大魔王還頒下新的命令，說拉客多的小女僕月底可以領紅利，要是一整個月沒有達到業績的，不但要扣薪水，而且還要一個人當店裡的吉祥物——白色小貓女。

這條肯定是針對她訂的！

因為他知道她不缺錢，所以沒有業績壓力，扣錢她也不在乎；可是要她與眾不同地扮演一隻小貓咪在店裡穿梭走動，那……多丟臉啊！

從人變成了吉祥物，她可是看過那貓咪的衣服，如果以為是遊樂園看到的那種工作人員穿的動物木偶的話，也就太看得起宋忠宇這個大色魔了。

他怎麼可能會走這麼純潔的路線？

他的貓女是頭上帶著兩坨白色的小貓耳朵，身上穿著性感貼身的毛毛泳衣、網點的吊帶襪，外加一條不知道怎麼做成的、栩栩如生的白色尾巴，走動的時候會隨意地甩啊甩的，撩撥得一堆宅男、草食男、勇猛男、好色男的心窩不禁覺得癢癢的。

「既然她條件好，家世背景好，人品好，長得又好看，又喜歡你也告白了，你還有什麼困擾？」林子君突然間覺得這個讓他印象很美好的花樣美少年是不是自戀狂？除了自己以外都覺得其他的人配不上自己？

「很困擾，很大很大的困擾。」

「說說看。」

她撐著下巴，神情有些不悅地看著他，要知道這種神情如果別人做出來可不太好看，可是偏偏少年看著眼前這個看起來美麗溫馴的小女僕露出這種表情時，反而覺得有種看到女王降臨的感覺。

原本慌亂不安的心，也在那越來越冰冷的注視下，出現了一種莫名其妙的畏懼，接著便是一種無法解釋的放鬆與屈服。就像是慌亂低下頭的平民見到了自己的女王時，知道再多想法都是沒有用的，只有乖乖地聽從，服從才是唯一的方法。

而她肯定有辦法可以解決他的問題，撫平他的不安。

「他是個男的。」

林子君原本不悅的神情聽到這句話時愣住了，隨即把漫不經心的心態收起，一副很嚴肅、很認真地面對美少年，「可以把一切事情說得詳細一點嗎？」

她想，她願意幫幫這個美麗的少年，是真心誠意地想幫，而不只是貪圖他可以幫她偷懶的用途。

「好。」美少年點點頭，然後開始訴說這一段史上最禁忌的耽美之戀。

這時林子君跟美少年幾乎是頭靠著頭，很親密自然地說著悄悄話，看在店裡三個女僕的眼裡可以說是大大的不順眼，幾乎是瞪得眼珠子都快要掉出來了。

當這個俊秀幼齒的美少年走進店裡的那一剎那，店裡面所有的女僕全都像是狼女一樣虎視眈眈地流著口水，妄想要有機會接近一下這個一臉小受樣的極品美少年。

偏偏人家美少年點了一碗豆花之後，就低著頭盯著豆花不放，一副想要把那碗豆花看出花來。

可是老闆有明文規定不可以任意騷擾顧客，所以她們也不敢輕舉妄動。

現在看到林子君跟花樣美少年講得那麼開心，因為那樣簡單便宜的穿著讓她們有了盲點，以為那少年不過是個窮學生，卻萬萬沒有想到他下一秒就亮出一大疊小朋友，包了林子君一整個下午的時間。

不但可以不用再伺候其他的客人，而且月底的紅利獎金肯定很可觀。

原本林子君身上那種難以言喻的大家閨秀氣質就已經讓三個女僕看得很不順眼了，因為這種氣質是所有女生都夢寐以求，也不斷努力要追求的。就算是讀完了一整個圖書館的書，或是喝光整間汽水公司的汽水，也不一定培養得出來這種優雅淡定的公主氣質。

而且還聽說老闆大人跟她有不清不楚的關係，更是讓愛慕老闆大人的三個女僕把林子君列入十大看不順眼的女生榜首了！

第五章

名列店裡看不順眼的榜首，林子君卻不知道自己入榜了，只是一個人待在吧台後面靜靜地擦碗。

她覺得很煩悶，她把這種異常的感覺歸咎到天氣炎熱的關係，絕對不是因為那個男人離開了好幾天的關係。

然後就已經很煩了，眼前還出現令人覺得噁心下流的畫面。

一個長得很猥瑣的男人故意把湯匙弄到地上，然後要女僕替他撿起來，他則趁這個機會偷看彎腰女僕的內褲。

其實每個女僕的裙子下都有穿保護安全的蕾絲短褲，並不會真的讓人曝光，但這名男客的行為也太下流了。

所以說，她實在是想不懂宋忠宇為什麼會喜歡開這種很容易就讓人聯想到下流的店。

說什麼是為了解放傳統的中國男性五千年來被壓抑的性慾望，她看是解放他這個大色狼長久被壓抑的獸性吧？

看他每天晚上都要的強大胃口，就可以知道他體內人性的比例絕對是少於獸性。

等等，依他這樣大的胃口，這幾天沒有她填補，他晚上會睡得好嗎？

雖然每天晚上都會接到他查詢的電話，可是聽不太出來他有沒有被憋壞的語氣？還是說，他吃外食?!跑出去找別的性感辣妹當點心？

越想越有可能，他老是嫌棄她的體力不好，一個晚上一次根本就滿足不了他。

一想到他的懷裡抱了別的女人，一種久違的酸意居然再度降臨在她的身上，讓她本來已經很煩的心情更是火大到了極點。

「啊！」

一聲女子的尖叫聲劃破了店裡的和平熱鬧，所有的人目光全都落在尖叫的女僕身上。

只見那個叫小米的女僕眼淚像珍珠一樣不斷地滾落，目光委屈憤怒地指控著一臉奸笑的男子。

「先生，你怎麼可以亂摸我的屁股？」小米泣訴著。

「拜託，這間店不就是讓男人開心的嗎？號稱來到這裡就可以享受到當主人的尊貴待遇，既然身為妳的主人，那摸摸妳又有什麼好大驚小怪的？大不了等一下給妳多一點小費。」

「你！」小米氣得滿臉通紅，有種書到用時方恨少的憤恨，應該要多學點罵人的語言，也不會像現在這樣子被氣得啞口無言。

就在這時候……

「這位客人，如果沒有錢去酒店就不要出門閒晃，我們這裡是賣豆花，不是讓你吃豆腐的地方，如果你的手這麼賤到無法控制，那外面有環保回收車，你可以把自己包一包然後自動跳上車回收去，不要在這裡做出丟人現眼的事情，你知不知道這種行為已經嚴重羞辱了你的家人，你對得起教育你的老師嗎？對得起辛苦賺錢養你長大的父母嗎？對得起國家民族嗎？#%^&%&#……」

一連串罵人不帶髒字外加天馬行空充滿創意的用語，宛如一首旋律迴盪在充滿甜味的豆花店裡，所有人的動作全都僵硬在半空中，還有人的湯匙停在嘴邊，嘴巴張得大大的，目不轉睛地看著不知道從哪裡冒出來罵人的小女僕。

「妳……」

林子君深吸了口氣，打斷那個色狼的話，繼續下一回合的炮轟。她不光是看不慣這個不爭氣、下流又卑鄙的年輕色狼，看他的樣子還在念書，就已經不學好，跑來亂摸人家妹妹的屁股，要是被他的父母親知道的話，會是多麼痛心啊？

所以她一定要好好代替他的父母罵醒這個不孝子，嗯，沒錯，她是在替這個社會主持公道，要是讓這個年輕人繼續執迷不誤下去的話，極有可能從摸屁股的小色狼變成黑夜裡的大野狼，所以她絕對不是乘機發洩心中這段日子以來對宋忠宇的不滿。

想想她已經不是以前那個任性、會隨意遷怒他人的林子君了。

「好了，只要你誠心誠意地道歉，並且表示以後絕對不會再犯，那我就不送你去警察局，否則的話……哼！」

這一聲「哼」聽在眾人耳裡面可是各有解讀，有的人認為這一聲真是哼得太帥氣了，有人覺得哼得好銷魂，更有人覺得這聲「哼」聽起來好傲嬌。

但是讓眾人目瞪口呆、呆若木雞的是她看起來是那樣柔弱嫻靜，雖然臉上總是笑咪咪的，卻還是讓人覺得有種高高在上的優雅疏離，彷彿她是高高在上的公主，尊貴的氣質是與生俱來，而他們這些人不過是紅塵中忙碌平凡的螞蟻，壓根是兩個世界的人。

所以儘管很想要找她過來點餐或是聊聊天，卻總是有心動、無法行動。

現在居然會看到她這樣一長串的指責及扠腰成為茶壺的模樣，雖然是茶壺、看起來卻不會讓人覺得像是潑婦罵街，相反的還有種……

「女王大人，妳罵得太棒了，讓我有種豁然開朗、恍然大悟的快感。」

小色狼突然間跪下來抱著她的大腿，然後用一雙閃爍著崇拜的光芒仰望著她。

林子君愣了一下，然後甩著腿，想要把這個吃豆腐的大色狼甩開，卻宣告無效。

她拿起手中的盤子敲了一下他的腦袋瓜，「色狼！誰准你抱我大腿？快點放手！」

「啊！好爽，再多打一下，不，盡情的打吧！女王大人，小的這一輩子願意做牛做馬伺候女王大人妳。」

所有的人，包含林子君，這下子全都明白了。

這個男人——是變態！而且還是被虐待狂！

就在整間店烏煙瘴氣，喧嘩吵鬧得像是菜市場的時候，一個黑著臉的男子一步步踏入店裡。

「想要伺候你的女王大人之前，先問問她的主人同不同意！」

充滿殺氣的威脅讓所有的一切吵鬧瞬間化為平靜，所有人的目光全都落在風塵僕僕的宋忠宇身上。

啊，沒想到這個小色狼運氣會這麼背，居然把大魔王引出來了？

更加讓人沒有想到的是，這個色膽包天的小M受虐者居然還有膽開口問道：「那……你同不同意呢？」

「想知道嗎？」宋忠宇露出了宛如春風一樣的微笑，讓在場所有的人全都覺得一瞬間花都開好了。

只有林子君知道，有人要慘了。

小色狼不知死活地點點頭。

「去找閻羅王吧！」微笑瞬間收斂，取而代之的是足以凍僵北極所有動物的寒冷殺氣。

只見宋忠宇一個手勢，馬上出現了兩名高頭大漢往左右一叉，就把小色狼當成叉燒一樣地給叉出店門口。

「要是再看到這個眼睛脫窗的變態男人出現在豆花店方圓百里之內，不要客氣，見一次扁一次！」

宋忠宇慢條斯理地下著命令，那氣勢、那威風，彷彿是高高在上的國王陛下。

哇！

「國王陛下，我不怕打，可是可不可以您親手？最好是用馬鞭，要不然滴蠟燭也可以……」

很顯然的這個小色狼是雙性戀，而且還是M型的雙性戀者。

「還不快點拖下去？」

「國王陛下，我功夫很好的，你可以先試用看看……」

宋忠宇臉色黑得像是包公一樣，卻發現某個女人正別過頭，肩膀可疑地顫抖著。

她不可能會在這麼多人面前哭，那……就是在笑囉？

瞇了瞇那雙漂亮深邃的眼眸，宋忠宇冷著臉大步走到林子君面前。「妳跟我進辦公室！」

一進到辦公室，林子君連門都還沒有關好，就聽到劈頭而來一聲冷冽的低吼。

「妳很行嘛！知不知道自己的身分，居然在大庭廣眾之下辱罵客人？」他像是吃了炸藥一樣對她獅吼著，「知不知道服務員最基本的守則就是顧客永遠是對的？」

「這種觀念落伍了。」

「妳還頂嘴？」

「他亂摸小米屁股……」

「就算他今天亂摸大米、玉米的屁股也不關妳的事。」

「怎麼會不關我的事？我們是同事……」她低頭小聲地抗議著。

「她有把妳當成她的同事嗎？」

一句話讓她無從反駁起，因為他說的沒錯。

「還有，」他一把將她抓過來，一雙漂亮的黑眸閃爍著熊熊的怒火，「讓妳在店裡是要妳努力工作，不是勾引小弟弟。」

才不過離開了幾天，一回到店裡面就聽到她跟一個娘娘腔的小男生關係曖昧不明，而今天居然還看到她那樣沒有氣質地指著一個男人的鼻子辱罵著。

這個女人怎麼就不能安分點？

雖然他一向都認為自己不喜歡她，可是卻一點也不喜歡她失控的樣子，尤其是為了別的男人。

讓她失控發飆的人只能是他，別的男人絕對不允許！

「你做什麼？」怎麼說話說到一半就又毛手毛腳了。

「我才幾天沒有餵妳，妳就不安於室了嗎？」

「說什麼蠢話啊？」她感覺自己的臉燒燙了起來，瞧他說得好像她對男女之間的那個有多那個，其實最喜歡那個的人是他好不好！

「不明白?裝傻?」他挑高英挺的眉毛，「好，那我就用行動讓妳好好地明白，免得妳給我裝胡塗。」

「宋忠宇，你做什麼?」

他的另一隻手霸道地撩起她的小短裙，然後理所當然地覆上她雪白的小屁股，感受著那充滿彈性的觸感，然後又把手指沿著那性感的股溝往內部移動。

「妳覺得我在做什麼?」

「你瘋了?現在可是大白天!」

「妳是古人嗎?再說就算是古代，只要本公子想要的話，陽光底下也可以盡興。」他壞壞地用那種調戲良家婦女的語氣說著。

她的身子不由自主地想要閃躲，卻被他用身體按抵在辦公桌上，動彈不得，只能無力地接受他邪魅的指尖在她小小的裂縫處來回移動著。

沒有一點預警地，他的手指就這樣侵入，讓她整個身子都緊繃了起來。

可惡!居然沒有按照以往的正規路線由上往下，這次居然反常地直接攻城掠地，讓她措手不及，失了幾分攻防。

「放輕鬆。」他輕哄著。

「不要碰我！」

這句話讓他臉色一冷，決定要給她懲罰。

臉紅到不行，但是她沒有時間想太多，邪惡的指尖已經沾染了她溫熱的愛液，像條靈活的蛇一樣在花徑中恣意抽送著。

「啊……」

每一次的移動都會引起她的身體不由自主地顫抖，紅嫩的小口也無法控制地發出銷魂的嬌吟，體內分泌出更多動情的蜜液，很快地沾濕了他的手。

「叫這麼大聲，不怕被聽到嗎？」他惡劣地在她耳邊低語著。

聽到她嬌滴滴的呻吟，代表著她很舒服，而他更加溫柔地撫摸敏感的小花核，想要帶給她更多的快樂。

當然不乏有想要整她的企圖在裡面，林子君氣憤地想著，卻拿他無可奈何，緊咬著下唇還是無法控制聲音溢出。

她的雙手緊緊握住桌子的邊緣，努力想要抗拒這樣甜蜜的折磨，可是越是想要抗拒，越是難以忽略，幾乎到了難以忍受的地步了。

「不……我不行了……」嬌美的身子緊繃，她的頭往上仰，身體裡那種像是火花爆炸的快感，讓她整個人都快要麻痺了。

到最後，她只能趴在冰冷的辦公桌上，黑色蕾絲的短裙也被掀到腰上，露出雪白的屁股，任由後面的男人擺佈了。

她全身軟綿綿的，再也沒有力量了。

「記住，妳是我的。」

那樣霸道的宣言才剛說完，她便感覺到自己被他刺穿，還沒有來得及開口，便開始了最銷魂也最狂野的律動。

可惡！這個男人到底知不知道現在兩個人在店裡啊？還這樣肆無忌憚地拉著她親熱，這下子……她真的不用做人了。

但是很快地，能不能做人她已經無法在乎了，記憶裡那種彷彿小死一樣的高潮又再次來臨了。

在慾望的天堂裡，她飄飄欲仙……

又是一個晴朗的天氣。

「吃什麼豆花」店裡依然飄散著甜蜜濃郁的豆花香氣，讓人彷彿置身在幸福的氣氛裡。

只是這時候，一聲聲少女驚喜興奮的問話稍微打擾了這份寧靜。

「真的嗎？我前世是公主啊？」

「沒錯。」一個白髮蒼蒼的老人摸摸細心保養多年的長鬍子，點點頭說著。

一身灰色長袍的打扮看起來頗有幾分仙風道骨的姿態，要是在面前給他擺個攤子，旁邊插根旗子，上面寫著「鐵口直斷」，那就真的很像是傳說中的鐵口直算鐵半仙了。

要是這鐵半仙坐在大廟口的話，那算是相得益彰、適得其所，卻偏偏坐落在裝潢十分英國皇室風，四周還有可愛型的、誘人型的、性感型的和知性型的小女僕們環繞著。這畫面看起來……還真是有夠不搭！

但是，她們不是真的女僕，而且上門的全都是客人，開店做生意哪有挑客人的？有錢當然就可以當主人了，所以主人可不限於年輕人，老的也能進來當老爺子啊！

笑得春風滿面的老人置身在可以當他孫女的小女僕當中，整個人彷彿年輕了幾十歲，滿佈皺紋的臉笑得像是菊花一般燦爛。

林子君嘴角也不禁微笑，心想，不管怎樣，宋忠宇開了這家充滿遐想的制服豆花店，對社會還是有些幫助的。

因為她發現雖然吸引來的客人百分之九十九都是男性，門口雖然沒有掛著「女性止步」，但是女客看到滿屋子的男客人，一定會遲疑。

當然也有男朋友帶女朋友過來嚐鮮、開開眼界的，但是當她們發現自己的男朋友眼珠子總是不聽使喚地脫離，跟著店裡面伺候的小女僕到處溜轉的時候，誰還能心平氣和地繼續吃豆花？

就算是人間美味，也全都被嫉妒的酸味給破壞殆盡了。

久而久之，女客人很少、甚至不上門的現象也就產生了。

林子君覺得很可惜，因為她覺得香香甜甜、白白嫩嫩的豆花是每個女孩子都會喜歡的點心，而且豆花的營養價值高，對女孩子很好。

「子君，妳別在那邊忙啊！現在客人不多，快點過來，讓老先生也幫妳算算。」自從那天解救了小米免於狼爪的襲擊之後，這個個性有些膽小的少女就把林子君當成了好朋友。

「我還有事情要忙，就不算了。」

「為什麼？算一算妳的婚姻啊！看看妳的真命天子什麼時候會出現嘛！」

真命天子啊？她愣了一下，然後腦海裡恍惚地出現了一個壞得讓人很想要大力地揍他一拳之後，再撲上去狠狠親吻的男人。

她突然間一陣冷顫，連忙搖頭，「不用了。」

「算嘛！看看妳的真命天子出現了沒？」

說曹操，曹操就到！只見一身名牌休閒打扮的俊美男子出現在店門口，瞬間所有的焦點全都聚集在他一個人身上。

妖孽一隻！

「不用算了。」她自己都可以算出來，真命天子是沒有，混世大魔王卻有一隻。

可惜人家大少爺卻一點也聽不懂人話，拉著她的手腕就這樣連拖帶拉地把她拉到老先生的面前。「算算她吧！」

老先生看了一眼林子君，臉上已經有些不對勁，又看看宋忠宇，更是變得一臉古怪。

不會這個算命的老先生真的有什麼神通吧？林子君心想著，雖然她不會迷信，卻也滿尊敬鬼神的。

「這個……只怕不好算。」老先生最後支支吾吾地回答著。

如果聽到這裡，正常人都會謙虛客氣地知難而退，偏偏他遇到了一個不識相的。

「叫你算你就算。」這一聽就是威脅語氣十足。

「可是天機不可洩漏……」

「只要算得準的話，老人家下半輩子只要來店裡吃豆花都免費，如何？」

很好，連利誘都用上了，林子君覺得這個大魔王這些年修練進化了，手段更加熟練高段。

「是嗎？好好好，那我就算了。」

他拿出烏龜殼然後搖晃了幾下，裡面的銅錢從龜殼裡掉了出來。

一下子所有人的目光全都死盯著桌上的銅錢，可是卻沒有一個人看得出有什麼奧祕。

「這位小姐前輩子是個命帶掃把星的男子。」

話一出口，四周立刻出現嗤笑聲，彷彿還聽到有人說了句，「果然是這樣，所以才會看了就討厭！」

林子君面無表情，當她感受到一道可憐又帶著諷刺的目光掃過來，她便用更加冰冷的目光射回去。臭男人，看屁啊！她就算是掃把星也是前輩子的事，這輩子她可是千金大小姐的命。

「這是因為他的祖上在掃把星劃過天際時說了不敬的話，所以報應到後代子孫的身上，而他正是唯一剩下的那根獨苗。他十歲之後，掃把星開始發威，將他的父母親掃死了，親朋好友也都掃得死的死、傷的傷，連他祖上留下的家產也被當今皇帝覬覦，用了通敵叛國的莫須有名義將他治罪，流配邊疆。」

這下子笑聲更大了。

「哦，這隻掃把的威力還真強，居然把方圓百里以內跟他有關係的人都掃光了？」宋忠宇笑得最大聲。

林子君開始覺得很無聊，轉身便要回去廚房，去洗碗總比在這裡聽這老神棍胡言亂語的好。

「別走啊，還沒有說完呢！」宋忠宇也不避嫌地將林子君一把拉住，然後宛如風流公爵一樣地將她按坐在他的大腿上，雙手就這樣環著她。

當場四周便傳來地獄的怨念，不用想也知道是那些愛慕主人的小女僕們。

「有什麼好說的？都這麼倒楣了，肯定下場會是一條麻繩外加一棵林投樹。」林投樹的傳說她聽老一輩的說過，說是有個被老公拋棄、被婆婆虐待的苦命媳婦想不開，找到一棵林投樹上吊，然後每天晚上都會有人在那棵樹下看到那個媳婦。

從此她就對這種樹很毛，認為要自殺就應該要找這種樹種，才是經典。

「照理說是這樣沒錯，」老神棍開口，「不過他在邊疆吃苦的時候，遇到了一個苗疆女子，雖然掃把星依然威力十足，可以說是靠山山倒、靠誰誰就倒楣，不過這個苗疆女子卻不離不棄，就算家裡面沒有米開伙，她也會去拔野菜來給他吃，然後自己吃菜根，最後他們窮困潦倒地生活了十年，好不容易有了一個娃娃，可那娃娃卻被掃把星掃到，養了不到一歲就掛了，然後苗女的身體就一年比一年還要不好。」

這個苗女是腦袋故障嗎？這麼強大的一根大掃把，不但威力十足，而且數十年如一日，簡直比大同電鍋還要有保固，怎麼還不離開？大家聽到這裡都不由自主地想著。

「後來邊疆發生戰爭，掃把星果然又再次發揮他的作用，被抓去戰場當炮灰，結果不是被敵人殺死，而是逃跑的時候不小心踩到一把刀，被刀刺破了肚子，然後又被戰馬踩成碎泥，掛了。」

聽到這裡，大家的心裡頭都有種大大放鬆的感覺，心想著終於結束了！

「那苗女呢？」宋忠宇劃破平靜地問著，他總有一種不祥的預感，那苗女好像跟他有點什麼關係的樣子？

「她親自跑去戰場上把掃把星殘破不堪的身體湊齊，燒化之後埋葬在兩個人說好要養老的地方，然後跳到墳墓裡面把自己給埋了。」

很好，連梁祝的情節都出來了，跳墳？最後不會還化蝶了吧？

「哇，那個苗女好癡情哦！」

「是腦殘吧？跟著一個這麼沒用的男人，沒享到點福就算了，結果連死都沒有全屍，最後還殉情？果然是古人！」聽到這裡，就知道這位女僕對林子君充滿敵意。

可是不管怎樣，林子君都覺得像是聽到一個很荒唐的天方夜譚而已。

「就算沒算錯，也是前輩子的事情了，這輩子我過得很好。」

林子君冷漠地從宋忠宇的大腿上站起來，然後轉身便要離開。

「小姐，那掃把星的命格在前輩子已經過完了，可是妳欠下的情債這輩子注定要還。」

「哦？」她冷笑地回頭看著這個老神棍，剛才那一點點的好感現在完全都消失殆盡了，「別跟我說那個苗女也跟著我轉世了？」

老神棍目光落在宋忠宇身上，林子君順著他的目光望去，感覺到心裡一股涼意緩緩地升起。不會吧？

但如果不是，那要怎麼解釋她第一眼見到宋忠宇的時候，那種宛如著魔的強烈情感？甚至於到了最後，她以那一刀傷害了他之後，明明她理直氣壯的，卻還是滿懷著罪惡感地想要補償，甚至於她也做了一切照顧他的事情。

「所以說前輩子掃把星欠了苗女一世的情債，這輩子得償還，對吧？」

宋忠宇恍然大悟的聲音喚回了林子君的心神，當她看到他笑咪咪的俊臉，心裡面竟有種強烈的不安。

「看來，真的要好好地還一還啊！」宋忠宇加重語氣強調著。很好，什麼前世今生又讓這個大魔王多了個可以整她的藉口。但是又怎樣？前輩子的事情是前輩子，這輩子她不想要還，要拖到下輩子，甚至於拖到下下下輩子，他又能怎樣？咬她嗎？

這次她真的毫不留情地轉身離開，將一屋子迷信的人留在原地。才剛以為自己逃過一劫，卻沒有想到一雙魔爪理所當然地從她的身後伸出，然後便大大地抱住她。

「哼！聽過一句話嗎？」他在她耳邊輕聲低語著，「出來混，總歸要還的。」想賴帳？連門縫都沒有！

「那你想怎樣？」

「嗯……讓我想一想。」說完他的下巴就這樣放在她的肩膀上，活像是愛撒嬌的小男孩一樣。

林子君索性把他當成背後靈，自顧自地洗起碗，該做什麼就做什麼。看到她這樣神情自若的樣子，讓宋忠宇心裡有種想要冒火的感覺。這個女人真的越來越不怕他了！

「哼，看來妳已經習慣當奴隸的日子了。」

「怎麼可能會習慣？」

「是嗎？」

「不就是乖乖地聽你的話，我現在不是很聽話嗎？」

「我可不覺得。」

她轉過身來很認真地注視著他，然後嚴肅地說：「我可以發誓我從小到大從來沒有這麼聽話，連我爸媽都沒有。」

他靜靜地看著她那淡然的神情，總覺得她嘴角微微的彎度讓他很不順眼。就像是原本被困在絕境的小獵物在經歷了一段時間之後，不管是適應了還是找到了活命的方法，總之，就是不再徬徨無助了。

「好，證明。」

「要怎麼證明？」她困惑地問著。

見他壞壞地笑了，她有種被奸詐的狐狸設計的感覺，可是，兵來將擋、水來土掩，這是她這陣子的應對方法。

應該……有效吧？她在心裡有點不確定地想著。

第六章

昏黃的燈光總是會讓人引起很多遐想，通常也會有很多見不得人的勾當在這種氣氛下進行，就好像以為在看不怎麼清楚的地方做的事情，就不會有人看得明白。

如果真的是以眼睛來說的話，也許還有幾分的道理，但是如果加上了音效，那就算是黑到伸手不見五指也是白說。

「啊……怎樣？勇猛吧？是不是很爽啊？」

如果可以的話，林子君真的不想要視力這麼好，更不應該這麼倔強，硬是愛面子地將目光放在舞池中央糾纏在一起那兩條光溜溜的物體。

剛才那樣霹靂的話語是出自一個渾身肌肉發達的男人，而他正企圖用自己的雙手將身下性感火辣的女人拉成一字馬，好方便他自傲的男性慾望更深入地刺穿女郎銷魂的身體。

「啊……哥，好深啊……太快了……人家受不了了……」

接下來在女郎一聲比一聲還要高亢銷魂的淫聲浪語中，兩人更是宛如A片專業演員一樣不斷地變換各種高難度的工作，勢必要將現場的觀眾個個都撩撥得慾火焚身才算是完美地完成任務。

「怎麼樣？」宋忠宇滿臉宛如春風吹過的笑臉一直沒有轉向舞池中，從坐下來到現在，就像是頭狡詐的狐狸一樣死死地看著林子君。

那樣赤裸裸的目光閃爍著惡意的光芒連掩飾都沒有，要說有多露骨就有多露骨。

林子君靜靜喝了一口手中的調酒，「這次這個女的叫聲倒還滿專業的，沒有前幾次聽到的那樣虛假，看來這個男的是真的有真本事。」

他依然是深深地瞪視著她，目光專注到讓她覺得他就像是一個挑剔的老師死盯著考試的學生，企圖要看看她有沒有作弊的嫌疑，如果有就跳出來把她打入十八層地獄，永世不得超生。

這是他最新想出來整她的方法，既惡劣又噁心。

第一次他說要帶她去參加一個派對，結果是性愛派對。

剛開始男男女女還彬彬有禮，端著香檳故作氣質，結果酒到半巡，就開始明顯不對勁了。

她看到一個穿著小禮服的女客人將香檳倒在自己的身上，瞬間化身渾身火辣的熱舞女郎，而四周的男客人則像是惡狼一樣地撲上去。

像是魔咒被啟動一樣，在她四周的男男女女也各自找到看中的目標，該熱吻的就熱吻，擁抱的就擁抱，還有的連前戲都不需要，直接就上演重頭戲了。

她在四周直接癱倒在沙發、地毯上、牆壁上的發情禽獸中，渾身僵硬得像是石化的雕像，而且還渾身燒燙，宛如被煮熟的蝦子。

她慌亂的目光找尋著帶她來的那個男人，當她終於掃到了那個坐在角落沙發上、手裡端著一杯香檳，笑得那樣明亮燦爛的男人時，就知道這一切都是他故意安排的。

雖然她很想要冷靜，視若無睹，可是當有別的男人眼冒慾火地撲向她時，她還是不爭氣地尖叫一聲，然後倉皇地轉身逃跑。

回到家她沒有逃過地被他撲倒在床，將她狠狠羞辱了一整晚，可見他也被那淫亂的性愛派對點燃了滿腔的熱火，而她雖然逃過了派對上撲向她的惡狼，卻逃不過在她床邊守株待兔的家虎。

也許是這種懲罰惡整她的方式讓他覺得很舒心，事後看著她滿臉羞辱想要掙扎卻又掙扎不過的模樣，讓他感覺十分的刺激跟興奮，接下來他幾乎隔沒幾天就會帶她去很變態的地方。

人妖秀，徹底打擊了她身為女人的尊嚴及信心，她瞠目結舌地看著一個長得比女人還要女人的美麗男子，妖嬌地脫下了層層薄紗，那腿間晃動的物體，怎麼看就怎麼奇怪。

猛男秀，雖然勇猛陽剛的男性軀體在脫光了之後，雙腿之間依然有著晃動的物體，不過根據天地陰陽的說法，到底還是合理化一點，只是那蠢蠢欲動、高聳直立的長狀物體依然讓她看得面紅耳赤。

雖然在表演會場不是只有她一個女的，身邊的中年婦人還熱情地拿出千元大鈔招呼那猛男過來，再把小費塞在他腰上的皮帶，還不忘記遵守大媽守則第一條：買菜順便送把蔥——既然給了小費，硬是把人家帥哥的兄弟招呼了好幾遍。

讓林子君目瞪口呆之餘，也深深地感到佩服。

她睜著大眼睛努力要保持淡定，可惜泛紅的耳朵洩漏出了她的害羞。

宋忠宇靜靜喝著手中的酒，目光落在身邊故作矜持的小女人身上。

他不斷地想著，自己那時候為什麼會那麼不喜歡她？論外表，她長得其實很漂亮，精緻美麗得像朵水晶薔薇；論家世，娶了她可以讓男人少奮鬥三十年，更何況她還對他愛得死心塌地的。

應該是她那時候瘋狂的佔有慾讓他感覺到討厭吧？

好像要了她，就一輩子都只能屬於她，連別的女人都不可以多看一眼，否則就是犯了天條一樣。

而他這個人最討厭被拘束、被烙上某某人的東西這種感覺，更不要提這個善妒的小女人還拿剪刀企圖要把他剪掉。

要說那段時間對她的印象，除了厭惡感之外，就是慾望。

不可否認地，她是他有過的女人當中，在肉體的交歡上跟他最契合的，所以那時候的她只配當他的充氣娃娃。

沒想到過了兩年後，再遇到她的時候，驕傲任性的千金小姐依然傲慢，性子卻全然地改變了。

由滾燙濃烈的火焰變成了內斂冷傲的冰山。

以前她不斷地對他拋媚眼放電，都不能讓他覺得動心，可是現在她不拋媚眼，改給他白眼，卻是風情萬種，讓他渾身飢渴。

難道自己有被虐狂嗎？還是說男人都有共通的劣根性，自動送上門的就不珍惜，追不到的才會眼巴巴地跟在屁股後面？

不，不是這樣的，他在心裡不斷地告訴自己，可是當他的目光落在她的身上，昏黃的燈光印照在她精緻美麗的臉上，臉頰紅咚咚的羞紅讓她看起來很誘人，那雙宛如星辰的美眸閃閃發光。

想想，其實他似乎已不怎麼討厭她了。

畢竟要是真的厭惡到難以忍受，又怎麼會在每次她靠近的時候，自己的身體細胞神經全都全自動地有了反應？

搞不好自己根本就不討厭她，之所以會被誤導成討厭，有可能是因為自己其實很喜歡很喜歡她，而這種強烈的情緒讓他嚇到了，所以不斷地找她的缺點，說服自己不要那麼喜歡她，她不值得。

突然間這個念頭浮現，讓宋忠宇嚇壞了。

會嗎？是嗎？他目不轉睛地注視著她。

也許是他的目光太過強烈，引起了她的側目。「怎麼了？」

當那雙星光燦爛的眼眸瞅著他的時候，什麼討厭的情緒都像是流水一樣地流走，不用太多言語，只是這樣看著他，就讓他感覺到熾熱的渴望穿透了他的靈魂。

曾幾何時，他對她的需要不只是為了肉體上最完美的契合？

他也想要再看到她崇拜他、愛慕他，沒有他就會天崩地裂、世界末日的花癡神態。

只可惜，她不會允許自己再走回頭路了……宋忠宇有點酸澀地想著。

收斂起那些胡思亂想，他告訴自己不用著急，不管她是不是還愛著他，這個女人他都不會再放手了。

「怎樣？主人帶妳出來見見世面，滿意嗎？」

他湊過來便給她一個親暱的吻，自然得好像兩個人就是應該要這樣親暱一樣。

「還好，見多了也就是這樣。」她故作正經地回答。

「難道妳看了這麼多不會春心蕩漾？」

看著情慾的味道充斥在四周，放眼望去的肉體縱橫，要說多淫蕩就有多淫蕩，多色情還真是有多色情，可惜一開始的害羞、不好意思在看多了之後，也只剩下些許快速的心跳。

她也滿佩服自己的適應能力。

「這些男人……」她停頓了一下，然後輕啜了一口手中的調酒。

「怎樣？」他的眼睛一亮，很顯然是引起了興趣。

「沒有一個比得上你。」她甜蜜蜜地說著。

他愣了一下，她本來還以為他會生氣或嘲笑她，沒有想到他居然沉默了。雖然不發一語，可是那雙漂亮的黑眸卻直直瞅著她不放，像是在思索什麼一樣。

可是林子君不在乎，她依然忽視著耳邊的淫聲浪語，平靜優雅地輕啜手中的美酒，那副姿態就彷彿是置身在國家音樂廳，聽的是一場音樂會而已。

不是想要她聽話嗎？那她剛才的話還有現在的表現，應該合他的意了吧？

想要讓她出糗，下輩子吧！

「妳……真的覺得我很強？」他嘴角掩不住的微笑透露出了他現在男性自尊很高漲。

「很強。」她依然甜蜜地回答，同時配上點頭的動作加強語氣。

「只可惜，」他的大手從黑暗中緩緩滑過來，一把捏住她的小手，然後惡意地說：「妳的身材沒有那些女人好。」

可惡！宋忠宇，你怎麼不去死？林子君火大地想著。

可惜，當天晚上她悲哀地發現，被搞得死去活來的不是那個桃花大魔王，而是她這個倒楣的小女人。

當她渾身像是被拆掉的娃娃一樣癱軟在床上動彈不得的時候，只能滿心咬牙切齒地咒罵著那個真把自己當作AV男優一樣做了一整晚的臭男人。

在昏昏欲睡的同時，她不斷地告誡自己，以後巴結討好要看準方向，不要像這次一樣，拍到馬腿上。

「這裡是？」

「沒想到你眼珠子這麼大，原來只是裝飾用的啊？」

聽到宋忠宇的回答，林子君徹底給他看看她的眼珠子有多大。「怎麼？今天不想整我了嗎？」

抬頭迎向久違的陽光，在經過幾天幾夜變態的夜生活之後，林子君望著陽光下笑咪咪的俊美男子，本來對他累積的厭惡感也稍微消退了點。

「老是夜生活也是不營養的。」他一副「我很好心」的語氣說著。

她點點頭，表示贊成。「那我們去玩吧！」

她可從來沒有到遊樂園玩過，就算是之前她瘋狂倒追他，邀請了無數次要跟他來遊樂園玩，都慘遭了他無情的拒絕。

回答一律都是——「幼稚！」

可是對那時候的林子君來說，所有擁有情侶關係的男女都要去一趟遊樂園約會，這可是她收集的男女約會守則當中的一條。

所以她為了更加確定兩人的情感關係，而不只是拘限在肉體關係上，共遊遊樂園的念頭始終沒有退縮。

只是現在真的來到了這裡，卻已經人事全非了。

她想要滿足的是小時候沒來過遊樂園的遺憾，可不再有任何認為男女朋友絕對要來遊樂園約會的迂腐念頭。

而且還萬分地提高警覺，因為一個長久都不肯順應你心意的冤家突然間同意了、順從了，那絕對是有問題。

她肯定這個大魔王絕對不安好心，果然——

「玩什麼玩啊？我肚子餓了，先找地方吃東西。」

是豬嗎？早餐不是還硬塞了很多漢堡進去嗎？還是硬逼她化身美而美早餐店的老闆娘親手做給他吃的，連豆漿都要她親手榨好煮好，挑剔得不肯喝現買的。

期間也沒見到他有做什麼幫助消化的運動還是活兒，肚子怎麼還裝得下？

「怎麼？不會是沒有準備吧？」他挑了挑好看的眉毛，手插口袋一副居高臨下慵懶貴公子的姿態注視著她，「要知道遊樂園裡的東西不但貴又難吃。」

「錢對你宋大少爺來說沒差吧？」

他意外地沒有生氣，反而還點點頭說：「的確啊，爺不差那些錢。」

聽聽這口氣！如果不是她努力深刻地研究了股票和基金，做足了理財規畫，硬是把他那些用自己年輕的生命及血汗掙來的錢做了完美的投資，他可能早就亂花光光了，更不要說擁有一間充滿爭議的豆花店，銀行裡面還有幾千萬的存款，外加一棟億萬豪宅，只是還需要付貸款。

但是也像他說的，不差那些錢。

「只是本人的肚子很敏感，醫生交代過不可以在外面亂吃東西，要是有什麼的話，妳還要照顧我不是嗎？」

說到這裡，他突然間眼睛一亮，看樣子又想到什麼整她的壞點子了。

果然……

「不知道妳穿上白衣天使的護士服是什麼樣子？」

「放心好了，你沒機會看到的。」

她說來越佩服這個男人那不可思議的幻想力，如果不是知道他之前混過黑社會，恐怕會誤以為他是那種窩在房間、守在電腦前面的宅男一族。

不，他的靈魂肯定就是。

雖然對他很不滿意，可她還是仔細挑選乾淨涼爽的地方，剛好發現在不遠處一棵大樹底下有位置。

轉頭冷漠地命令他放下手裡的大包包，然後便開始忙碌了起來。

而他大少爺則是靠在樹邊，目光落在遠方嬉鬧的小孩與父母身上，一副貴公子的優閒姿態，對於身邊小女僕忙碌的情況視為理所當然。

看到這情況，真是讓林子君很想要抬腳踹他，剛剛因為他願意幫她提這個大大的野餐籃而覺得他至少還有點紳士風度的好感，已經完全隨風消逝在半空中了。

果然這個男人真的是被女人寵壞了，她忍不住在嘴裡碎碎唸著，卻沒有想到自己才是寵壞他的最大禍首之一。

聽到她含糊不清卻肯定是在唸他的小碎語，在樹下擺出優雅風流公子姿態的宋忠宇嘴角忍不住往上勾。

不知道為什麼，他越來越喜歡看到她為了他而忙碌的身影，雖然那張小臉每次都會黑得像包公一樣，很明顯地可以看出她心中的怨念有多大。

可是嘴裡唸著、心裡怨著，手裡卻還是會動著，將他照顧得服服帖帖、安安穩穩的。

恐怕連他很小就死去的母親要是還在，也沒有這個小掃把照顧得完整。

想到前輩子自己那麼腦殘地跟在她的屁股後面，任由她那掃把星的命格把他掃來掃去，也不願意離開、不願意放棄，最後還為了她學人家祝英台跳墳殉情，真是讓他覺得十分沒面子。

要是自家兄弟知道這事的話，恐怕他身為男子漢的面子就會被丟地上糟蹋了，笑都會被笑死！

所以這輩子她就該認命地將功贖罪，好好地把他伺候得舒服了，那他也許就會稍微減輕一點點她的罪孽。

知道兩人前世的糾纏之後，他更想要狠狠地惡整她，於是才每天帶她去那些變態的地方。

他個人以前可是對這些地方一點也不感興趣，同時也沒有多少的好奇，可是卻因為她的那些反應還有神情覺得很興奮刺激。

因為這樣，這陣子他覺得自己的身體有點使用過度，需要休息一下。

看著她不知道是因為忙碌還是太陽曬的紅咚咚小臉，一副氣血充足、元氣飽滿的模樣，就知道自己流失的精氣十之八九被她吸收得飽飽的。

嗯，想到可以把自己的女人餵飽，那也是一種驕傲的表現。

「好了，不是肚子餓了嗎？快點坐下來吃吧！」

「我去一下洗手間。」

「好。」

看著他離開之後，林子君乖巧地坐在鋪好的野餐墊上，面前擺滿了她花了一個早上親手做的食物。

瞪著那些看起來色香味俱全的美食，她還是不能不承認自己喜歡看著它們一口一口地消失在宋忠宇的嘴裡，然後化成營養補充他一整天的活力。

唉，也許那個老神棍說對了，她前輩子欠苗女太多太多，這輩子才會反過來，需要像個老媽子一樣地照顧他。

就算她下定了決心不要管他，可是無論再怎樣堅決的意念，一見到他，就像是陽光下的冰塊，溶化的速度連她都覺得不可思議。

他果然是她的業障，不好好地處理化解，搞不好真的會糾纏到下輩子去。

她可沒有興趣自己的下輩子還要繼續當老媽子一樣地伺候他，當他大少爺手掌心裡無聊時候玩耍的玩具。

胡思亂想了好一會兒，她才發現似乎少了點什麼？

回過神來仔細看看，才發現某個說要去洗手間的男人到現在還沒有回來。

不會是掉下去了吧？她惡劣地想著。

然後，她聽到遊樂園中響起了服務台小姐甜美的聲音。

嗯，是尋人啟事，看來又有小朋友走失了。

然後又過了幾分鐘，廣播再次響起，這次她聽到了一個聲音，差點沒有讓她手裡的果汁灑掉。

「林子君，我迷路了，快點過來服務台找我。」

十分鐘之後，她在服務台小姐怪異又曖昧的目光中領走了迷路的男人。

「你多大的人了，還會迷路？迷路也就算了，還廣播讓全遊樂園的人都知道，很丟臉耶！」

「有什麼好丟臉的，我第一次來這裡，迷路是正常的。」

很好，可以把這麼丟臉的事情說得如此理直氣壯，林子君徹底佩服他了。

「不會打手機嗎？」

「我手機沒帶。」

她還能說什麼呢？

「不是肚子餓了嗎？快點吃吧！」她拿了一個三明治遞給他。

果然是前輩子欠他的，這輩子才會拿他沒轍。

「下次要是迷路了……」她想乘機來個機會教育，哪裡知道人家大少爺不客氣地打了回馬炮。

「我還是會廣播妳來找我。」

「我又不是你的老媽子。」

他要賴地聳聳肩，「妳比我老媽還要老媽。」

什麼意思？嫌她嘮叨？雞婆？愛管閒事?!

「這樣也好，反正我缺乏母愛，就給妳這個機會吧！」

她聽了整個人都上火了。「我生不出來你這麼大的兒子！」

「沒關係。」生得出我兒子就好——後面這句話到了嘴邊硬是被他壓下沒說出口。怎麼回事？他居然有種想要跟這個小掃把生孩子的想法，難道前世的因果真的影響力這麼強大？

沒關係什麼？林子君則是很想要問個清楚。可是接下來這個大魔王徹底執行「食不語」的古老政策，在沉默中優雅卻迅速地將她準備的食物消滅。

也許是涼風吹得她很舒服，也許是這幾天被他惡整得連覺都沒有睡好，這風吹啊吹啊吹的，就把她的瞌睡蟲給吹出來了。

她的人不自覺地晃啊晃啊晃的，眼皮沉重了起來。

還咬著三明治的男人看著她表演搖晃術搖了好幾圈之後，決定伸出手按住她的腦袋瓜，然後一個順手將她按向自己的大腿。

當她的腦袋瓜一碰到他的大腿，有了這個人體枕頭之後，那瞌睡蟲馬上鋪天蓋地地淹沒了她。

而宋忠宇則是靜靜看著她熟睡的臉蛋，目光久久沒有移開，性感的嘴角掛著一抹寵溺的微笑。

就這樣，在遊樂園熱鬧的世界裡，大樹底下卻有個自成一局的寧靜世界。

俊美出色、宛如偶像明星的男子，舉止優雅地消滅著看起來很美味的食物，而躺在他大腿上睡著的少女，香甜的睡顏宛如天使一樣。

而午后陽光下微涼的風輕吹著，吹拂過兩人，帶出了一種寧靜、幸福的滋味，讓路過的人看了心裡面都有種暖洋洋的感覺。

第七章

「你傻了嗎?居然也不叫醒我。」

到遊樂園睡了一整個下午,睡到太陽都下山了的遊客,恐怕就只有她一個了。

哦,不!還有另一個陪睡的。

「我好心耶,妳都睡到打呼了,看起來是我昨天晚上累壞妳了。」宋忠宇不悅地回答著,有點火大自己是不是太過放縱這個女僕了,眼看著她越來越有恃寵而驕的趨勢。

看來他晚上要再好好地敲打敲打這隻不聽話的小貓,好讓她認清楚誰才是她的主人。

「我哪有打呼啊?」說什麼他累壞她了?真是不要臉的男人!林子君臉上

燒燙地想著，可是腦海裡卻還是不由自主地浮現兩個人在床上糾纏的畫面。

而且不只是在床上，還有在廚房、陽台、樓梯、浴室……

好，結論是，這個男人絕對是淫魔。

基本上只要任何可以滾的地方，他都會滾得不亦樂乎，而悲慘的是陪他滾的人是她。

車子開在彎曲的山路上，兩個人雖然沒有玩到任何的遊樂設施，可還是覺得偶爾出來晃晃感覺還不錯，至少可以讓兩個人之間的矛盾和仇恨減輕一點。

「啊！」她突然叫了一聲。

「怎麼了？」宋忠宇問著，很少看到她這樣女孩子的表情。

「我的手機不見了。」

「手機？」他想了一下，「哦，我剛才借妳的手機打了幾通電話。」

「然後呢，你沒有放回我的包包啊？」

他思索了一下，然後聳了聳肩，「嗯，應該沒有。」

「什麼回答啊？手機我剛買的……」

「有什麼？回去我連衛星導航都買給妳。」

「我要衛星導航做什麼……啊！」

她話都還沒有說完，就感覺到車子發生猛烈的震動。車禍嗎？

「妳乖乖待在車上不要下來。」宋忠宇的語氣變得很嚴肅，他按住林子君的肩膀命令著。

「哦！」

還沒有看清楚是怎麼一回事，便見到車子後面有一台箱型車，很快地，車子上面走下了一群黑衣人。

「宋忠宇，你不要……」她也發現事情不對勁了。

看到箱型車、下車的黑衣小弟，這在電影裡面常演，是標準的黑道尋仇的場景。

「聽話，不要下車，把車門鎖好，如果我擺不平他們，妳找機會快點跑。」

看到他沒有以往那樣的痞子表情，相反地還十分嚴肅，林子君就知道事情不太妙。

她堅定地點點頭，「我知道，你要小心。」

「嗯！」他迅速下了車，看到她將車門鎖上才滿意地轉過頭，全神專注地面對著尋仇的敵人。

「唷，天下幫盟堂堂主宋忠宇，帶新的馬子出來玩啊？所謂好東西要跟好兄弟分享，你也別小氣啊！讓那小美人出來讓兄弟們嚐嚐鮮。」

「牛頭李，不要以為天下解散，我們四個兄弟金盆洗手之後就變成軟腳蝦了，我一個人也是可以把你們這些牛頭幫打成豬頭幫的！」

但牛頭李卻沒有中了宋忠宇的計，目光一掃，包圍著車子的手下很快地有了動作。

「砰！」地好大一聲，宋忠宇轉頭看去臉色一黑。

可惡！居然砸車窗？

他想要衝過去卻被阻擋，在他被纏住的時候，他們已經砸破車窗、打開車門，像是抓小雞一樣地伸手要把林子君抓出來。

「不要碰我！」她雖然很緊張，卻還是冷靜迅速地從自己隨身的包包裡面拿出了防狼噴霧劑。

「啊！」

防狼劑一噴，當場一片哀號。

「真是什麼賤男人配什麼賤女人。」牛頭李咬牙切齒地說著，然後便要往林子君的方向走，打算要是讓他抓到這個賤女人，絕對要讓她生不如死。

「啊！」

又是一聲慘叫，原本接著被防狼劑噴倒之後再次湧上的第二波攻擊人員再次在地上躺成一片，身子還不斷地抽搐抖動著。

當場所有人的目光全都落在林子君手中的電擊棒。剛剛還是防狼噴霧劑，現在又變成電擊棒？

才這樣想著，又見到她從包包裡面拿出一根銀色的鐵棒，接著只見她按了某個按鈕，那小小的一根馬上「咻」地一聲伸展成一根不繡鋼的鐵棒。

她的包包是小叮噹的口袋嗎？塞了那麼多東西，而且還都是這樣具有攻擊性的?!

裡面應該還有吧？所有人都不由自主地想著。

沒想到這麼個看起來手無縛雞之力的小美人，隨身帶有這樣強大的火力？

「呵，宋忠宇，你這個男人實在很孬種，自己的女人這麼沒有安全感？」

宋忠宇沒有理會牛頭李的嘲笑，只是臉色陰暗地瞪著林子君，心裡又是訝異又是覺得有些敬佩，更多了點不舒服。

看到她這麼多萬全的準備讓他訝異，怎麼也看不出她那個名牌的小包包裡面居然裝了這麼多武器，更覺得懂得保護自己的女人對男人來說是個寶貝，尤其是他以前混過黑社會；可他也覺得很悶，因為看起來好像她不相信他有這個能力可以保護她一樣。

當他下定決心想要好好施展身手打倒一切沒長眼的敵人，好讓這個自以為是的女人看看有他在、不會有人可以傷害她一根寒毛，卻看到不遠處疾駛而來的一輛黑色箱型車。

可惡！又來一批。

轉頭一看，只見原本倒在地上的人又掙扎地爬起來，一步步逼近林子君，那臉上的恨意毫不掩飾，大有想要把她撕碎的凶狠企圖，讓人見了都會不由自主地顫抖。

更不要提說她還是個不食人間煙火的千金大小姐。

不可以硬撐，他承受不起她會因此受到什麼可怕的傷害，光是這樣想著就讓他覺得滿心的恐懼。

他可是從來沒有怕過什麼的，現在卻覺得害怕了。

一個眼明手快、乾淨俐落地打倒了幾個擋路的小嘍囉，快步往車子裡面把她抓出來。

「出來！」

她連忙乖巧地任由他抓出來。

「快走！」宋忠宇大手緊緊抓著林子君，兩人在黑夜裡的山路上狂奔，有種相愛的小情人戀情不被接受、不顧一切夜奔的感覺。

只是身後有長長的、拿著開山刀邊跑邊叫囂的尾巴。

但是林子君知道他不會為了她不顧一切的，從來她就沒有那個資格得到。

所以，她目光落在兩人相握的手上，告訴自己沒有什麼的，那樣緊握著她的大手，握得她好痛好痛的大手，沒有任何含義的。

一路狂奔，此時天色已經昏暗，被追殺的兩個人後有追兵，前面也只有一條路，這樣下去很快就會被追上。

他一個轉向，將她往山裡面拉。

山裡面什麼都沒有，只有無盡的黑暗，她一向怕黑，而且這樣不斷地被拉扯著奔跑，她覺得自己快要斷氣了。

她想要開口呼喚他，要他放開她，她再也跑不動了。

似乎感覺到她的放棄，宋忠宇轉頭惡狠狠地低吼著：「給我跑！妳知道停下來的後果。」

她知道，那群恨宋忠宇恨得快要啃骨剝皮的死對頭，要是落入他們的手中……只怕會生不如死。

她不願意任何人碰她，因為她現在僅剩的只有這具他碰過的身子，就算明知他不稀罕，可是她卻希望可以保護。

「啊！」她才剛想要深吸一口氣準備再一次的馬拉松，卻不小心被不知名的東西絆了一跤，接著就感覺到一陣天旋地轉。

「小心！」

當她以為自己會跌得鼻青臉腫的時候，卻發現自己被一雙大手死命地護著。

當翻滾終於停止，一切都歸於平靜，她才緩緩地睜開眼睛。

沒事了？她還活著?!

林子君想要伸手摸摸自己，卻發現有人壓得她動彈不了。

「宋忠宇？你沒事吧？」她小心翼翼地推開昏迷不醒的男人，只見他一個翻動便引來一聲痛哼。

受傷了嗎？

她強迫自己冷靜下來，現在不是驚慌失措的時候，她必須要冷靜堅強，當她知道自己愛上的是個怎樣的男人那時候開始，她便一直努力學習遇到各種狀況的時候要怎樣應對。

在樹木高聳的森林裡，沒有明亮的光線，她找出了自己隨身的包包，拿出一個小巧的手電筒。

小心翼翼地將他全身檢查了一遍，發現他的背後有刮傷、大腿插了一根尖銳的樹枝，流了滿背滿腿的鮮血。

心疼的她眼眶不由地泛紅。「宋忠宇，你不要死……」

她無聲地落淚，然後用盡吃奶的力氣將他抱起，然後慢慢往山下的方向移動著。

「怎麼？想要乘機拖我去埋了嗎？」

一如往常老是對她很壞的嘲諷在耳邊傳來，一樣讓她很難受，可是聽到那虛弱的語氣更是讓她的眼淚落得更急。

她沒有回答，腳步依然沒有停止。

背後的男人也沒有了聲音，她想應該是又痛得昏過去了吧？快點幫他找到醫生救命，雖然只是一根小小的樹枝，但是流太多血一樣會死人的。

「那邊有個小木屋。」她以為已經昏迷的男人突然間在她的耳邊爆出這樣一句話。

她連忙抬起頭四處張望，卻在轉頭的時候不小心碰到他的臉龐。

當場只感覺到自己的臉快要燒起來了，她慶幸現在是黑夜，看不清楚她臉上的泛紅還有淚水，不然她以後還有什麼臉面對他的冷嘲熱諷？

「還是快點下山……」

「要是等妳這頭牛揹我下山，我的血早就流盡了，先去小木屋，也許有人。」

對啊，她真是嚇壞了，腦袋瓜忘了理性的轉動，忘了也許小木屋裡面有人，有人幫忙應該就沒有問題了。

可惜，不知道是老天爺嫌她不夠倒楣還是傷心，一到達小木屋，便清楚地發現裡面黑暗暗的。

「發什麼呆？」

「很髒……」這樣對他的傷口不好，要是萬一細菌感染了……

「哼，就知道妳是千金大小姐，吃不了苦。」

她沒有再出聲，知道他很討厭她的身分。

突然，他從她的背上掙扎下來，然後身子虛弱地搖晃了幾下，失血過多讓他虛弱得像個小嬰兒一樣。

不理會身後的女人，他只想要找個地方好好地躺下來，不然他可以感覺到自己下一秒就會昏迷了。

「等一下。」林子君比他搶先一步衝到小木屋前，還好沒有上鎖，所以很輕鬆地就推開了。

她用手電筒在屋裡掃了一遍，然後找到了開關。

屋子裡正中央一顆小小的燈泡亮了，她也顧不了髒，快手快腳、乾淨俐落地將屋裡唯一的小木床整理乾淨，然後從包包裡面拿出濕紙巾，迅速卻仔細地擦拭乾淨。

「好了，快點躺下。」她走到他的身邊，將他的大手抓起來搭在她纖細的肩膀上，將他撐起來往床邊走。

「原來妳不光是嬌生慣養的千金小姐，還有當大力士的潛力？」

他其實是訝異她的力氣，印象中她笨得連汽水蓋子都轉不開，剛剛他昏迷的時候居然可以揹得動他，現在也可以撐扶著他，是瞬間爆發的腎上腺素嗎？最常聽到的例子就是弱小的母親為了要救被車壓住的小孩，可以瞬間變成神力女超人。

但是那是為了自己最愛的人，那她……呢？

林子君小心地將宋忠宇放在床上，便將自己的包包打開，拿出一個小巧的金屬盒子。

「等我一下，我去看看有沒有水。」

當她離開的時候，宋忠宇忍不住好奇地伸手將那小金盒拿過來，一打開卻覺得目瞪口呆。

這……是急救箱？不，簡直就是一個超級急救箱了。

小刀、剪刀、紗布、各種藥水，還有消炎藥、退燒藥，可以想得到的藥品都被小巧地包裝在透明的小盒子裡，乾淨又一目了然。

聽到腳步聲傳來，他抬起頭瞪著她，「妳是不是出門都帶著整間診所啊？」

「我擔心……」

「我不知道妳以前是過什麼奇怪的生活，還是妳這個千金小姐日子過得太舒適，有什麼幻想症，對了，聽說有錢人都容易得到被害妄想症，妳該不會是認為在妳身邊的人都會傷害妳吧？」

不是認為，而是已經發生過。如果不是生病的好友雲清在生前陪她度過失戀的難關，她的被害妄想症也不會被治癒……

她沒有回應他的話，只是將手中的小盆子放在他的床邊，然後用自己乾淨的手帕沾濕。

當她伸手想要替他脫下衣服，好將那根樹枝拔出來，卻發現自己迎上了他戲謔的目光，一時間她竟控制不了自己臉上的燒燙。

「還會害羞？」他冷笑著，「不要忘記我們的關係非比尋常。」

最後那四個字他故意說得咬牙切齒，讓人難堪。

她很想叫他閉嘴，都什麼時候了還耍嘴皮子？

可是看著昏黃的燈光下依然很明顯的蒼白臉色，她知道這個愛面子的男人是在硬撐。

不說點什麼或是做點什麼分散注意力，也許他就會痛到昏過去。

她連忙拿著手電筒在桌上散亂的藥品當中找尋，終於找到了消炎藥。

接著又從包包裡面拿出了自己買的小瓶礦泉水，然後將藥與水遞到他的面前。

「先吃顆消炎藥，要是細菌感染的話……」

「我死了對妳來說不是更好？」果然病人的脾氣都是異於常人的。

怎麼可能？就算她對他這些日子以來刻意的折磨報復，要說心裡面沒有一絲的怨恨那是不可能的，從來她就不認為自己是一個善良的聖母瑪利亞。

但是，她心裡頭對他更多的是愛。

就算這份深藏的愛再也不能洩漏出來，她也不會希望他死掉。哪怕自己嘴巴、心裡常會說說，可是也僅限於說說。

他可以不愛她，可以恨她，就是不可以消失在這個世界上，消失在她的生命裡，因為她現在只有他了！

就算是恨死她了也好，只要他好好地活著，讓她可以每天都看到他，這樣就足夠了。

「餵我。」他此時此刻就像是個任性的小男孩一樣，因為不愛吃藥而耍賴著。

她靜靜地看了他一會兒，四周傳來森林山野裡不知名的鳥叫聲和蛙鳴。

就在他疼得快要昏倒，生氣自己幹嘛要故意為難她而讓自己更難受的時候，她有了動作。

將手中的白色藥粒輕塞入他的口中，然後將礦泉水倒了一口，接著便是傾身湊向他。

略帶冰冷的柔軟嘴唇印上他的，沁涼的感覺順著她的口傳到他的，連帶著將那顆小藥丸帶入他的喉中。

在她想要撤退的時候，他又一把摟住她的頭，然後蠻橫地蹂躪著她的唇，一直到她覺得快要喘不過氣來，才被粗暴地放開。

他閉上眼睛躺著，蒼白毫無血色的臉龐看起來很嚇人。來不及分析整理他剛才的粗暴，反正他對其他人都是一副溫文儒雅，宛如春風一樣迷人，就是唯獨對她絕對不會有好臉色看。

她悶著頭動手解開他的衣服，然後像是受過專業訓練的護士一樣清理起他的傷口。

本來是想要用小剪刀剪開衣服，而不是將他脫光光，可是考慮到他身上只有這樣一套衣服，要是剪壞了那要怎樣穿下山？

更何況像他說的，她又不是沒有看過他的身體，雖然每次見到的時候都會讓她的心臟像小鹿一樣瘋狂亂跳，鼻子老是癢癢的，有種想要流鼻血的感覺。

還好自己有備無患，因為知道了他混黑社會，所以積極地找時間去學習任何一種急救及包紮傷口的訓練營。

如果不是因為自己不是醫生那塊料，她還打算要去考醫學院，以備他要是遇到集體械鬥還是街頭喋血，甚至是仇家尋仇有任何的受傷，她都可以好好治療他。

所以她退而求其次，基本的護理急救她都會，也很認真地考了證照。

他永遠都不會知道她為了他付出了多少，也改變了多少，但是她並不認為辛苦，只因為他的存在是她願意辛苦活在這個世界上的目的。

也許是消炎藥裡有安眠的成分，緊閉著雙眼的男人呼吸逐漸平穩，看樣子是睡著了。

她更加放心地處理著他的傷口，然後將那沾血的衣服揉成一團，放在旁邊，準備等一下好好地清洗乾淨。

等到一切都處理好的時候，他依然沒有任何動靜。

睡著了嗎？林子君靜靜看著他沉睡的俊臉，然後點點頭確定了應該是藥效發作了。

看看四周，發現這個陰暗的小屋裡面又髒又亂，灰塵佈滿好厚一層，角落屋頂還有蜘蛛網，看起來不是很久沒有人住，就是這間小屋的主人很懶。

應該是後者吧？不然怎麼在這山裡面還有電？

突然間一陣冷風從破洞的窗戶吹入，讓她忍不住顫抖，連忙脫下自己身上的外套，然後小心翼翼地蓋在他的身上。

其實她猜錯了，他雖然吃了藥之後有很強烈的睡意，但是意識卻是很清楚的。

聽著她在身邊發出的小小聲響，居然讓他的心裡面有種莫名的安全感。

他以為自己不會睡著的，就算是吃了藥也不會睡得多麼安心，因為從來他在不確定的環境裡面是不會放鬆自己的警戒。

但是當一股熟悉的幽香傳入鼻息，那是她的味道，就這樣不知不覺地沉沉入睡。

第八章

宋忠宇清醒的時候，還不太明白自己身在何處，只覺得床好硬，睡得他全身僵硬，而大腿不斷傳來陣陣輕微的抽痛。

啊！他想起來了，他遇到昔日的仇家，然後……

林子君！

他驚慌地起身，卻發現一顆腦袋瓜正穩穩地躺在他的胸口，而腦袋瓜的主人像是一隻慵懶愛撒嬌的小貓一樣，窩在他的懷裡，睡得十分香甜的模樣。

他這才大大地鬆了口氣，然後視線落在她的睡顏上。

沒想到這個小掃把睡著的樣子是這樣地可愛，也是，想當初認識她的時候，她雖然一副被寵壞的任性大小姐姿態，想要什麼就一定要得到，讓人看了不由地厭惡，卻不得不否認有時候她也有可愛的一面。

當她面對他的時候，她不再是被寵壞的大小姐，而是化身百依百順的小女人。

只可惜那時候的他只是把她當成洩慾的工具，還有玩弄的對象。

伸出手指細細滑過她毫無防備的小臉蛋，也讓他差點克制不了自己地低頭想要吻她。

當他發現自己佔有了她的那一刻起，就像是染上了毒癮一樣，灼熱年輕的身體就再也抗拒不了她。

只要她靠近，只要聞到她身上的少女幽香，他就會像是個正在青春期的發情少年，只想要像野獸一樣地撲倒她。

當他發現自己居然有這種想法的時候，對自己簡直是厭惡到了極點。

他的身體渴望這份情慾，可是他的理智卻不願意承認，明明自己當初願意抱她的理由只是想要玩玩她、懲罰他，讓她明白妄想要他的後果是她無法承擔得起的……

可是他卻似乎越來越不討厭她的傻笑，越來越不抗拒她的靠近，甚至於還有些期待及滿足。

怎麼可以？他要是真的放縱自己喜歡上了這個當初很討厭的討厭鬼，那就像是認輸了一樣！

而他宋忠宇從來就不會對任何人輕易地認輸，更不要說是她林子君。

他不斷地說服自己，會對她那樣子只是因為他還年輕，精力旺盛，荷爾蒙過多，只是肉體的慾望、對異性的迷戀，絕對不會是什麼喜歡或是愛。

所以他為了證明自己沒錯，開始找了另一個女孩，然後冷落她，甚至於徹底地把她給忘記。

本來以為這樣子明顯的冷落可以讓她明白、死心，卻萬萬沒有想到這個女人的執念這樣地深切，越是躲著她，她越是追得更緊。

終於他也覺得很煩，因為他雖然躲著她，不跟她見面，甚至於不斷地跟其他的女孩親熱，可是到了緊要關頭卻都不行。

沒錯，不行、沒有反應，好像他的身體已經被烙上封印一樣，沒有正確的解碼咒語就無法啟動。

而他絕對不願意去證明這個解碼咒語就是她，他不想要認輸！

同時他更加確定她是個心機多麼重的人，也許她真的在他的身上下了什麼蟲，讓他這輩子只能抱她。

男性的自尊讓他像火山爆發一樣衝到她的面前，然後殘忍無情地對待她、羞辱她，並且說自己對她不過是玩玩，只是想要看到她像個卑賤的奴隸一樣跪在他的腳邊，根本就對她一點感情也沒有。

然後……

他萬萬沒有想到，她的回答就是給了第三者一刀，然後再轉身企圖剪斷他的命根子，只是看到他倒地流血之後，尖叫著落荒而逃。

讓他足足找了兩年多，恨了兩年多。

天知道當他發現了這個小逃犯的時候有多麼喜悅，因為他終於找到了洩恨的對象，那一刀刺向他的力道及狠勁，讓他想到的時候雙腿之間的兄弟還會隱隱作痛。

有時候他也分不清楚那份疼痛是因為她害他受傷所引發的，還是因為他對她的渴望強烈到讓他發痛？

不是沒有找過別的女人解決這份疼痛，卻發現發洩過後那份渴望非但沒有解決，還有加強的趨勢，他就放棄了尋找代替品了。

而這兩年來，在他身邊的三個女人，其實也不過是林子君的替代品。

當他知道王伯居然是她的人，而且自己身邊的女人也是她安排的時候，不知有多麼地憤怒！

都已經到了這種地步了，這個小逃犯還有膽子干涉掌控他的生活？更可惡的是，還安排得那麼好、那麼完美，讓他每天的生活過得像是紈袴子弟一樣，每個身邊的人都對他羨慕得要死。

他不得不承認，這個討厭的小逃犯還真是了解他，把王伯訓練得那麼完美，讓他憤怒之餘還是無法離開王伯。

現在呢？他……似乎也離不開她了。

當她不願意一個人逃跑，當她一個嬌弱的女人硬是揹著他爬過半座山，當她從包包拿出一個又一個的緊急救用品，其實那些都是為了可以陪在他身邊而準備的，他就知道自己擺脫不了這個小掃把了。

他溫柔地親吻她的額頭，喃喃地說著，「好吧，我承認妳越看越可愛了，以前口口聲聲說討厭你，其實是我太愛面子又固執，現在發現還來得及，不過還不能告訴妳我愛妳，免得妳這個小女僕拿喬，不把我這個主人放在眼裡。」

要是以前，他可能還有把握可以讓她乖巧馴從得像隻小綿羊，但是現在進化的她已經是會伸爪子的小母豹。

在他完全馴服她，讓她心甘情願陪在他身邊之前，他會暫時保守這個祕密。

腦袋瓜裡不斷想著各種可以讓她吶喊著愛他的方法跟手段，結果越想越往床上去，他的某個地方就這樣自覺地甦醒。

他身體本能的反應驚醒了她。「誰頂我？」

看著她像是一隻受到驚嚇的小兔子，拉長耳朵、扭著脖子、張著一雙大眼警覺地掃過四周，沒有發現危險的時候才大大地鬆了口氣。

看到她鬆了口氣的模樣，讓他覺得又好氣又好笑。

這個小掃把星什麼時候不覺得他才是她最危險的、最要保持高度警覺的人？

「怎麼了？是不是傷口還痛啊？」沒有了以往那種冷冰冰的樣子，她擔心地在他身上又摸又問著。

「我餓了。」他忍住想笑的衝動，高高在上地說。

「啊，可是你晚餐不是才剛吃了一隻山雞？」要知道這隻山雞簡直就是老天的恩賜，不然依照林子君笨拙的追殺，怎麼可能剛好掉到洞裡，而那個洞裡面剛好有陷阱？

看來是這間小屋的主人以前遺留下來的，所以兩個人才會有香噴噴的燒烤手扒雞可以吃。

「飽暖思淫慾，虧妳書唸得比我好，不懂嗎？」

「……」

「好了，有那個力氣說話不如留著好好伺候我。」

「你……」

她的唇突然被他吻住，是那樣地急切、狂野，令她差點喘不過氣來。

「真甜！以後要是沒有水果就吃妳好了。」

「你把我當飯後水果啊？」

她嬌羞地斥責他，身子想閃躲，卻被他抱得緊緊的，哪兒也不能去。

她又羞又氣，卻無法控制他的雙手撫摸她時所充滿的情感。

雖然恨他如此蠻橫，但是自己的身體仍然像上了癮似地熱切響應他。

當她被攬在他懷裡的時候，她的心依然無法自已地輕顫，四肢發軟，一種神祕的渴望及興奮在她的體內燃燒，然後融化。

不理會她的掙扎，他把她壓在床上，大手不安分地在她的身上亂摸，引得她嬌喘連連。

此時的他宛如一頭永不滿足的野獸，不顧一切地蹂躪著眼前這個甜蜜的小女人。

衣物在拉扯間盡褪，頸項交纏，吻漸漸而下，落到雪白細嫩的肌膚上，泛出了一朵朵紅豔的花。

白皙的肌膚在情慾薰染下泛起誘人的粉紅，胸口的小蓓蕾被他舔弄得硬挺起來，林子君終於也忍不住張嘴，吐出媚惑的呻吟。

宋忠宇被她那樣嬌魅誘人的樣子挑逗得幾乎要全身著火，雙腿之間的慾望幾乎發痛。「今天允許妳在上面。」

他的語氣像是高高在上的國王一樣，其實是因為他腿上有傷，不讓她在上面還能怎樣？

她突然間要任性地想要離開，可是還沒有來得及移動身子，就已經被人一把抱起來。

「你……」

她的雙腿被他沒有受傷的另一條腿隔開，全身的重量就這樣往下墜，而他直立昂長的堅挺已經蓄勢待發。

「啊！」一個重心不穩，她便往下坐，同時也包含了他的慾望。一下子舒服的呻吟溢出兩個人的口中，林子君的臉迅速地漲紅。緊窄的少女蜜穴緊緊箝住他的堅挺，陣陣強烈的快感傳到他的腦海中。

「動吧！」他的大手輕拍她滑嫩嬌翹的臀部，害她身子瑟縮了一下，那緊密包裹著他的花徑也一個收縮，讓他感覺很舒服。

這樣不動也不是辦法，而且他把她塞得滿滿的，就像是在身體裡嵌入一根火燙的鐵棒，必須要做點什麼……

不像他老是像狂風暴雨一樣地抽插、攻擊，她嘗試著輕輕移動，然後再慢慢地轉著圈，像害羞的小兔子一樣前後擺動著。

隨著這樣如水一樣的擺動，一陣陣酥麻流遍全身，帶給了兩個人另一種新鮮的快感。

他著迷地看著她面如桃花、嬌喘吁吁，全身肌膚又白又滑，嫩得像隨時會被他捏碎似地。

在她擺動著嬌軀上下套弄著他的同時，他也低下頭將凸起的小乳頭含住，輕輕地用牙齒囓咬，舌頭也不停地挑逗著。

如此猛烈的雙重攻擊終於令她崩潰，她感到一股溫暖的快樂湧入身體裡，覺得自己逐漸達到了頂峰……

「妳說說看，像這種阿婆的體力怎麼可以滿足得了我？才幾下就沒力了。」儘管口中充滿抱怨，可是宋忠宇的大手還是眷戀地撫摸著林子君的髮。

「什麼才幾下？很多下了！」她懶洋洋地趴在他的胸口，像隻窩在主人懷裡的小貓咪，動都不想動。

「妳不要忘記要是我在上面的話，可是沒上百下是不罷休的。」

「我怎麼不覺得你有上百下？」

「妳！」

「難道你有仔細數過？」

「不管怎樣，妳要多受訓練，不然以後怎麼伺候好我？」

「要是嫌我腰力不夠，你可以去找別的腰力強勁的女僕啊！不一定要死纏著我。」

「怎麼？得到我之後就嫌棄我了？」

她聽到這句話差點沒有噎住。什麼時候變成她佔了他的便宜然後不認帳的樣子？

「你少顛倒是非。」

「反正我懶得再找一個這麼笨的，更何況不要忘記了妳還欠我一輩子。」

就這樣兩個人相擁著，然後很無聊地吐槽來吐槽去，發現這樣子沒有意義的鬥嘴還滿不錯的。

當他皺著眉頭想要繼續挑剔她，突然間聽到屋外有奇怪的聲音。

「什麼聲音？」林子君也聽到了。

兩個人默契十足地迅速熄滅了火堆，關了電燈。

在黑暗當中，她都還沒有機會開口，整個人就已經被他抓住，然後緊緊地擁在懷裡。

「說不定是這間小屋的主人？」她小聲地問著，語氣中隱含著一絲期望。

「小屋的主人會偷偷摸摸，而且還不只一個？」

「難道是那些人不放棄，又追了過來？」

「有可能。」他冷笑著，畢竟有這麼好的機會可以除掉眼中釘，牛頭李那個傢伙怎麼忍得住？

更何況他的身邊還有一個她，打從那個噁心的傢伙一見到她那一刻，那毫不掩飾的貪婪慾望就明白宣告著她成為他的新獵物了。

該死！有他在，沒有一個人可以對她有什麼壞主意！

「我們現在怎麼辦？」

這山裡面只有這間小屋，是人都一定會想要進來一探的。

突然，她的下巴被他一抬，一個熾熱的吻落下，熱烈狂野得幾乎像是要將她吞噬了般，然後又突然粗暴地把她推開。

「妳跑吧！」

「什麼？」又要她跑？

「他們要的人是我，妳乘機跑走……」

「休想！」她伸出小手緊緊抓住他的領子，「我死都不會丟下你。」

「現在都什麼時候了？妳還這樣任性……」

「我知道你不喜歡我任性，其實我不管怎麼做你都不會喜歡我的，我知道，我只是一直自欺欺人，但是要我在這個時候丟下你，我做不到。」

「林子君，妳知不知道妳在我身邊的話只會拖累我……」

「我知道。」

「知道妳還不快點滾？」

「宋忠宇，你……」她努力地吸鼻子，強迫自己冷靜地問著，「如果有下輩子，你可以等我嗎？不要像這一世一樣先愛上別人，給我一個機會，也許……也許你會發現我這個人還不錯，搞不好你會喜歡我，會愛上我，然後我們就會很幸福很幸福。」

「妳……」他沒好氣地說著，「我哪有愛上別人啊？跟我糾纏不清的女人始終只有一百零一個。」

那就是她——林子君。

聽到她的語氣，讓他有種不太好的預感，他都還沒有說出什麼話的時候，就見到她居然生出一股強大的力氣，將腿傷無法行動的大男人一個用力一推。

他沒有防備之下，居然就這樣掉到床下。「妳……」

還沒有發出不滿的抗議，他居然就被她像是堆垃圾一樣地硬推到床底下，然後就被一堆亂七八糟的樹枝擋住了視線。

他不敢相信自己居然被她用樹枝給掩藏了起來。

「林子君，妳別開玩笑了，妳快點躲進來！」既然現在他沒有辦法對付可能擁有槍械的敵人，至少還可以拖著這個自以為是的女人躲著，運氣好的話，也許那些壞蛋發現沒有人就會轉身離去。

可是她……是不是想要當誘餌？

「我去引開他們，你不要怕，我一定會找人來救你的。」

「妳不要以為做出這樣的犧牲我就會愛上妳，休想！」他掙扎地扯開了幾根刺人的樹枝，然後勉強探出了一顆腦袋，卻又被一雙小手抵著額頭硬將他推回床底下。

「你做什麼?快點回去躲好!」

他愣愣地看著眼前淚流滿面的小臉，心想著：他多久沒有看到她痛哭流涕的模樣?

唯一的一次就是她動手毆打跟他在床上翻滾的女人，她不顧什麼千金小姐的氣質及優雅的形象，放肆大哭地揪著他的衣領又捶又打。

那時候她一向完美優雅的形象在他的眼裡完全破滅，只感覺到這個女人之前努力維護的形象是對的，因為她放縱自己的時候完全不像是大戶人家出來的千金小姐，根本就是撒潑瘋狂的小野貓。

而這次同樣是放肆了，同樣是痛哭流涕，卻沒有發瘋的樣子，當然一樣是哭得有夠難看，跟她之前矜持冷漠的形象壓根是兩回事。

但是不知道為什麼，卻讓他的心臟撲通撲通地狂跳著，幾乎讓他有種無法呼吸的感覺，只想狠狠地把她拉入懷裡然後用雙手蹂躪著她，叫她別再這樣哭了，不但讓他看了眼睛難受，也讓他的心一揪一揪地疼。

怎麼回事?難道自己真的愛上了這個跟自己像是不同世界的討厭鬼嗎?

就在這時候，屋外不遠的地方傳來了幾聲模糊卻清楚的說話聲。

「阿三啊，你說那個忠王真的會躲在這裡？」

「我也不清楚，不過沒有關係，就算找到他又怎樣？我們有槍，一槍解決他就好了，反正我們的目標又不是他。」

「也是啦！說真的那個臭小子還真是豔福不淺，身邊居然有這麼一個高傲誘人的絕世大美女。」

「是啊，沒有想到在制服豆花店裡面那樣可愛純真的小女僕，私底下居然是那樣高傲清雅的姿態，一個女人擁有兩種不同的面目，真是極品。」

「沒錯，不過這極品小女僕很快就會落入咱們兄弟的手裡，到時候……嘿嘿嘿！」

宋忠宇聽到這兩個無恥的人說出這種無恥的話，整張臉都黑了。

「妳給我躲進來。」他咬牙切齒地抓住她的小手，想要將她拉進來。

「不行，這樣我們兩個都會被抓到的。」

「妳難道沒有聽到他們兩個……」

「我聽到了。」

「那妳還不乖乖地躲進來？」

「宋忠宇！」她深情地喚了他一聲，湊過來給了他一個深深的親吻，「知道嗎，就算你再怎樣不相信我、討厭我，就算我再怎樣告訴我自己不要再愛你了，都只是白費工夫，我就是沒有辦法，我還是愛你。」

「林子君，妳要敢這麼做，信不信我這輩子都不理妳了？」

可是她卻只是回他一個甜蜜無比的笑容，「這樣算不算一次性清償前輩子我欠你的情債啊？」

「哪有這麼吃虧的銷帳法？沒有那麼簡單的事情！」

「下輩子……我希望不要再遇見你了。」

「妳好大的……」他都還沒有吼完「膽子」兩個字，就見到她轉身拔腿就跑，接著，門外傳來一聲虛假卻威力十足的尖叫聲……

「在那裡！」

「快追！」

接著一陣紊亂的腳步聲遠離，四周恢復了寧靜。

很好，這個掃把星真的把他當成了吃軟飯的沒用男人，他不過是喜歡吃豆花、賣豆花而已，雖然腿部有傷，可是又不是四肢殘廢。

這下子他後悔極了自己的自作聰明，故意假裝傷勢嚴重到不能動彈，好享受幾天她任勞任怨的伺候，卻沒有想到反而讓兩人陷入這種危險的境地。

掙扎地爬出床底，更是忍不住低聲咒罵自己真是越活越回去，居然讓一個小不隆咚的小女人把高大英俊的他塞到床底下。

「林子君，妳最好撐到本老大去救妳為止，否則咱們之間那些亂七八糟的帳絕對會一筆一筆地算清楚，外加高利貸。」

當然最重要的一點就是——

他還沒有親口對她說「我愛妳」。

第九章

「不准跑！」

又不是傻了，他說不准跑就真的乖乖不准跑啊？林子君心裡邊嘀咕，腳步更加快速。

在樹林裡奔跑實在是高難度的動作，因為不知道什麼時候會突然間冒出一根樹枝刮傷衣服，然後在身上留下一道道傷痕，而且腳底不平的山路更是讓她的腳拐了好幾下，很可能是扭傷了。

但是為了那個冤家，為了自己，她沒有回頭路，她必須要一鼓作氣地跑到大馬路去求救，就算沒有辦法也要將危險引開。

她對自己的長跑還是有點信心的，畢竟當她發現自己愛上的男人居然是黑社會，為了要當一個稱職的「大哥的女人」，她便開始訓練自己「落跑」的技巧。

只是很可惜，遇上了身後的同行，他們也同樣受過追殺的訓練，以至於到現在還是可以保持速度地追在她的身後。

「不要再跑了！」

身後又傳來恐嚇聲，聽得出來吶喊的人已經到了忍無可忍的地步。

林子君才不管他，要她不要再跑，除非是他們不要再追了。

她相信只要再堅持一下，很快就會跑到山下……

「啊！」

這時她一隻腳絆到石頭，結果整個人一陣天旋地轉，往山底下表演了高難度的翻滾動作，直到撞到一棵大樹才阻止她繼續表演「翻滾吧！女孩」。

當她回過神來，兩個龐大的黑影已經籠罩在她的上方，她看著眼前像大野狼一般喘氣的兩個陌生男子。

「該死的女人，叫妳不要跑還跑！」阿三覺得自己這輩子都沒有跑過這麼多的山路，差點要把胃都吐出來。

「你們到底要做什麼?要錢的話我可以給你，求求你們放過我吧！」面對歹徒，不要硬來，要保持自己是弱者那一方，可以答應的條件就先答應。

「嘿嘿，錢當然我們兄弟也是要的，」另一個較瘦小的男子蹲到她的面前，伸手捏住她的下巴尖笑著說：「可是人我們也要。」

「這位大哥，我又不是絕世大美女，而且脾氣又不好，愛記仇，要是有人對我怎樣，我就算花一輩子的時間也會討回一口氣。」

看到另一個較胖的男子一臉嘲諷地想要開口，林子君更快地接口說，「就算是做鬼也絕對不會放棄。」

阿三本來想要笑她，說等他們玩夠了之後再把她滅口，這樣子還怕她會報復嗎？沒想到她會這麼說。

「再說，我給你們很多的錢，你們要多少女人沒有啊？何必為難我呢？」

「誰叫妳是宋忠宇的女人！」

「我也只是他的女人而已，而他身邊的女人多的是，難道你們不怕動了我會引來他的報復？雖然我在他的心目中沒有什麼重量，可是好歹也掛著宋忠宇的女人這個頭銜，身為男人總是愛面子的，難保他不會為了面子問題來討個公道，就算你們殺了我滅口，只要他找不到我，那絕對會把這筆帳放在你們的頭上。」

兩個人互相對看一下，有些慘白的臉色顯示出他們內心對宋忠宇的恐懼。

畢竟宋忠宇還沒有金盆洗手的時候，可是他們老大最痛恨的對手，他們這些小混混可沒有少聽說他的神話，也被他訓練出來的手下圍毆過，更令人髮指的是他抓到敵人之後那些變態的懲罰手段，聽說可以到達讓人求生不能、求死不得的最高境界。

而這個人最護短，佔有慾又強，只要是他認定的人事物，除非是他自己不要，否則誰要是亂碰，就會付出悲慘的代價。

為了眼前的美色，兩個人看著眼前披頭散髮，一臉花臉，全身上下髒兮兮的女人，剛剛一見到就覺得她是天仙大美人的感覺被眼前髒亂的形象完全破壞。

兩個人身子一個戰慄，突然間有種恍然大悟的感覺。

是啊，聰明的話拿了錢就走，到時候有了錢，他們兄弟要多享受就有多享受，要多少比她還要美麗乾淨的女人都有。

何必在這個髒兮兮的地方跟這個髒兮兮的女人打滾，不是自己找罪受嗎？

有高級飯店溫暖的大床可以銷魂，沒有必要委屈自己。

更何況非到必要，誰會腦殘地去招惹那個凶神惡煞？

越想越覺得可行。

「好，快點把提款卡拿出來，密碼也寫出來，然後一起去提款機提款。」

「好。」

這時候……

「要領錢啊？我也一起去如何？」

一個冷嘲熱諷的聲音在眾人的身後響起，那種令人嫉妒討厭的語調卻在這個時候讓林子君聽了很想哭。

是他嗎？他找來了?!

「宋忠宇！」

「男子漢行不改名、坐不改姓，誰准你這個賤人叫本大爺的名字，找死嗎？」

「死的人是你才對……啊！」

阿三二話不說就朝宋忠宇的方向撲去，緊握的拳頭還沒有落在他想要落的地方，整個人就已經像是沙包一樣被狠狠地甩向天空，然後翻轉了幾圈之後，狠狠地趴落在地上，一動也不動。

解決掉了一個之後，宋忠宇凶狠的目光緩緩落在另一個站在原地無法動彈的人身上。

不是他不想要逃，而是雙腿不聽使喚。

「饒命啊！大哥，我保證以後……不！這輩子……不！下輩子、下下輩子都不會再出現在您的面前，我會改邪歸正好好當個活老百姓，只要大哥您饒了我一條小命。」

可是宋忠宇給他的回應是一個箭步上前，然後伸出足以令天下男人嫉妒的長腿往他的雙腿之間一個深度的蹂躪。

「啊！」

「誰讓你對我的女人起色心？」

可惡！扯痛了他的傷口，不行，再踩一下以報仇！

他來了……淚水讓林子君的眼睛一片迷濛，什麼都看不清楚。

舉起疼痛的右手用手背擦拭眼淚，不敢相信卻又歡喜萬分地看著出現在她面前的宋忠宇。

「別怕，我來了。」

「宋忠宇……」

她接下來什麼話都無法說，因為她的唇被一個霸道的唇封住，然後便宛如被飢渴的野獸攻擊一樣。

是的，他來了，他真的來了。

只要他肯來，一切的一切都不重要了。

她伸出雙手環住了他的脖子，委屈又開心的淚水止也止不住地滾落，讓兩個人在甜蜜的親吻中嚐到了又鹹又澀的滋味。

「喂，別哭了，都吃到妳的眼淚了，又鹹又難吃。」他嫌棄地說著，可是那雙漂亮的眼睛卻閃爍著深情及疼惜。

「可是……人家止不住……」

一瞬間，她宛如又回到以前那個在愛人面前除了笨拙還是笨拙的小女孩，什麼冷靜堅強的掩飾全都消失了。

他看著越哭越有那麼一回事的女人，忍不住嘆口氣，心中卻一陣欣喜。

將她的腦袋瓜按往自己的胸口，「算了，反正也不是沒有見過妳這個樣子，而且，女人還是笨一點比較好。」

像她後來變得這樣聰明又冷靜，伶俐又能幹，一點也不可愛，讓他有時候會懷念起當初那個又笨卻聽話的千金大小姐。

「笨一點你就會愛我嗎？」

「我像是那種會喜歡笨女人的人嗎？」他冷冷地回答，但是動作卻跟他冰冷的言語相反，圈住她的大手更加地用力。

「那我變得比現在還要聰明的話，你就會愛我嗎？」

「妳現在這樣老是跟我作對就讓我恨得牙癢癢的，還想要變得更聰明？妳難道不知道大部分的男人都不喜歡自己的老婆比自己還要聰明嗎？」

這樣子要是想要偷吃還是怎樣，不是都沒有機會？

不過，他當然是不會這樣子的，他一旦決定要結婚了，就會一輩子對自己的老婆忠實，無論是身體還是心靈。

聽到他的話，讓林子君埋在他的胸口嚶嚶地哭出聲，「宋忠宇，你這個男人怎麼這麼難搞定？我已經用盡全力了，你為什麼還是不愛我？到底要怎樣才可以讓你愛我？你乾脆告訴我好了！」

「真的跟妳說了，妳就會做到？」

埋在他胸口的小腦袋瓜動了動。

「好，只要妳肯這樣做……」他低下頭在她耳邊輕聲低語。

她賞了他一個白眼。

「親愛的主人，請問要咖啡或是奶茶？」

昏黃的房間裡，一個身穿黑色絲綢長袍的俊美男子慵懶地坐在他最喜歡的義大利沙發上，而他的腳邊跪著一個甜美的小女僕，小女僕手上的盤子上還有剛泡好的咖啡及奶茶。

「嗯？」美男子撐著下巴，一手有一下沒一下地玩弄著小女僕的長髮，一副左右為難地說著，「怎麼辦？我喝了咖啡怕晚上睡不著，可是喝奶茶我又想要喝咖啡。」

喝硫酸好了！林子君瞪大眼強忍住要出口的話。

本來以為兩個人歷經了生死交關之後，彼此的感情就會大解放，像是連續劇裡面的男女主角，從此過著幸福美滿的生活。

哪裡知道這個結局壓根不適用在這個男人的身上。

「這樣好了，我吃妳怎麼樣？」

「不好意思，主人，吃了我那誰來伺候你啊？」

「這樣啊？那不然，」他壞壞地一笑，「那妳吃我好了。」

「我吃你？」她眨了眨一雙大眼睛，然後問出一句讓她事後很後悔的話。「怎麼吃？」

看到他性感慵懶地張開了他的大腿，那原本就沒有包緊的長袍滑開，露出他強壯的身體。

她想起太陽神阿波羅那健美的男性軀體，雖然他沒有那麼多的肌肉，可是勻稱優雅的胸膛還有小麥的膚色，依然讓她看得口乾舌燥。

她的目光緩緩落在他平坦結實的小腹，然後發現細細的毛髮從他可愛的小肚臍一直往下延伸……敞開的衣袍，雙腿之間，他那昂長的慾望看起來宛如凶猛的野獸，正蠢蠢欲動著。

發現自己可以這麼快就引起他的慾望，讓林子君有種身為女人的自傲。

原來這個男人並不如他外表表現出來的那樣討厭她，甚至於根本就不需要她多加挑逗就已經讓他蓄勢待發了。

嗯，該怎樣懲罰一下這個愛口是心非的男人呢？

不如就好好地、慢慢地吃他，然後在他快要受不了的時候偷跑，不給他，想到他慾求不滿的暴躁模樣，林子君就覺得很開心。

想到就做吧！

她伸手像隻要人抱抱的小貓一樣抱住他的脖子，然後低頭親吻著他的頸部，嚐到了他身上略帶潮濕的肌膚上有著剛洗完澡的乾淨味道。

她一點一點地吻著，小手也在他強壯的身體上移動摸索著。

來到了他的胸口，她有樣學樣地含住了他敏感的小點，用靈巧的舌尖調皮地繞著它，弄得他又麻又癢，卻還是捨不得推開她。

林子君愛極了他熱呼呼的身體，那小麥色的肌膚感覺很男人，而現在這樣充滿陽剛勇猛的男人卻乖巧地任由著她品嚐。

嗯，她當然要吃，而且還要慢慢地吃，一口一口地吃，好報復一下以前總是她被吃乾抹淨、癱軟在床上動彈不得的小鳥仇。

當她吃夠了他的上半身，貪婪的唇便緩緩往下移動……

白嫩的小手一前一後地握住那滾燙的慾望，風情萬種地瞄了他因為興奮而略帶泛紅的俊臉，同時也注意到了他眼中的渴望。

彷彿說著：快點、快點，別發呆不動啊！這對男人來說很難受的……

「這樣舒服嗎？」小手上下左右地亂摸一通，她故作天真無邪地問著他。

「舒服！可妳有點方向感的摸，不要亂七八糟的摸。」他忍不住提醒她。

「這樣嗎？」她故意壞壞地上下套弄著，像是在摩擦生熱一樣，感覺到掌心的鐵棒越來越熱。

「妳不會只是摸而已吧？」

「不然呢？」

「少給我裝天真，妳難道會不知道接下來應該要怎麼做？」他這時候才想起自己兩年前也曾經要求她「吃」自己一次。

「哦，我想到了。」

他聽到這句話，差點氣得洩出來。

只見她張開那紅嫩嫩的小口，然後「啊」地一口含住了他。

這個要人命的小妖精，她是故意的！

他屏住呼吸，渾身戰慄著，跪坐在他雙腿中間的她則像一隻貪吃的貓咪一樣輕輕地舔吮著他。

閉上眼，仰起頭，禁不住前後擺動著腰部，他張開嘴，喘著粗氣，整個人陷於興奮的境界。

粉紅色的小舌沿著那凶狠暴起的筋脈移動著，說有多誘人就有多誘人。

「小掃把，沒想到妳的技巧進步了不少。」

屬於他的男性氣息充滿了她的鼻息，卻是一種很乾淨的滋味，她更加放心地品嚐著他，挑逗著他全身上下最有力量也同時最脆弱的地方。

火熱的小口像是在品嚐冰淇淋一樣地舔弄吞噬著他的慾望，害他差點就發洩。「嗯，對，就是這樣，再快點……」他情不自禁地抱著她的小腦袋瓜，然後慢速地在她的小口中抽動著，盡情享受她甜蜜的伺候。

就在他感覺到快要到達最銷魂的那一點時……

「嘔！」

「怎麼了？」她華麗麗地在他的面前大吐特吐，宋忠宇的臉一下子黑得可以跟黑板相比了。

有這麼誇張嗎？為了讓她盡情地享受自己，也希望她喜歡「吃」自己，他可是細心地清洗過自己然後還費心地去角質，甚至連自己的兄弟也擦了幾天的保養品。

可以說自己從來沒有這樣香噴噴、滑嫩嫩過，結果她居然這麼不給面子?!

可是很快地，他便發現自己這份火大被一個新的消息給逼退得無影無蹤——原來她不是因為噁心才吐的。

就在他以為自己從此以後會得到一個聽話又誘人的女僕嬌妻，享受著天底下所有男人夢想的夫妻生活時，卻萬萬沒有想到一件事情徹底地破壞了他的計畫，也讓他從主人的天堂高高地摔到凡間。

因為他的女僕嬌妻懷孕了！當場就從他專屬的女僕晉身成為需要捧在手心呵護、生怕一個不小心就會破碎弄壞的老婆大人。

只是，在他迎接兩個人心愛的結晶來到這個世界上之前，有件事情必須要先做。

尾聲

白色優雅的教堂在藍天白雲下散發出無比神聖的光芒，而在今天這樣一個好日子裡，教堂裡也同時進行著一場美麗的婚禮。

只是原本應該是開心的、幸福的新郎臉上，卻是難看憤怒的神情。

「牧師，你就問我願不願意就好了！」

「啊？」牧師被嚇到了。

「算了算了，不用問我，我直接就說我千百個願意。」

「那新娘……」牧師真的很想要問問新娘，她是不是被這個惡霸搶來的？

「她不用問了！」這個女人肯定不會讓他那麼好過，也肯定會跟他作對地說不願意，所以不用問了。

這時候新娘子清脆冰冷的聲音緩緩地瞪著新郎說著，「你不問我怎麼知道我不願意？」

宋忠宇一臉謹慎地盯著林子君，活像她下一秒又要用什麼手段來讓他生不如死？

也不知道是不是被他之前玩的那種主人跟女僕的遊戲玩弄得太過頭，惹得她惱羞成怒，本來還因為愛他所以忍著羞恥承受著，結果當她知道自己肚子裡有了他的孩子，馬上就變了一個人。

大有那種女僕翻身當女王的趨勢，以子為貴指的就是她這種女人。

更加令他火大的是，她居然還拿喬！

也不知道是不是自己兄弟那幾個女人搞的鬼，只知道在一次什麼家庭聚會之後，他的小女僕見到她們之後就變了。可恨的是，他還真拿她無可奈何。

不光是因為她肚子裡的那一塊寶，更多的是他對她的愛。

沒錯，當他再也不否認自己對這個曾經的討厭鬼有愛，而且還是很多很多的愛之後，那些他自己也不知道的愛就像是氾濫的海水一樣，怎樣也控制不了地湧出來。

一開始他嚇壞了，但是到最後他也只得接受，甚至於更加積極地忙著準備結婚的事情。

自己對一個女人有了那麼多的感情，而且還那樣辛苦耕耘了一個後代子孫，不快點把她娶進門，要是跑了那他不是虧大了？

卻沒有想到都已經站在禮堂裡，站在牧師的面前，站在親朋好友的面前，這個女人還有膽敢遲遲疑疑、磨磨蹭蹭，不乾脆地說我願意！之前不是還愛他愛到要死，現在怎麼一副有沒有都沒關係的樣子？教他如何能不在意？

「警告妳，不管願不願意，妳都嫁定我了。」而且馬上就到日本去度蜜月，一直到她肚子裡的小小忠生出來才放她回來。

林子君沒有理會宋忠宇凶狠的威脅，只是轉頭和氣地對著牧師說：「請繼續儀式。」

牧師雖然感受到很沉重的壓力，卻還是保持職業道德地問著，「林子君小姐，妳願意嫁給宋忠宇為妻，在這段神聖的婚姻裡兩人共同生活，無論疾病或是健康，貧窮或是富裕，都願意愛他、尊敬他、守護他，並且在一生當中將他當成最忠心的夥伴，牽手走完這輩子嗎？」

牧師聲音剛落下，發現整個教堂裡面的人都張大眼睛瞪著她，而瞪得眼冒金光的男人就是她身邊這一尊。

看著他額頭的冷汗、略顯蒼白的臉龐、緊握的拳頭，大有一種她如果說不願意，就準備跟她沒完沒了。但是最讓她心疼的，卻是他眼底的惶恐。

唉，這個男人也已經被她驚嚇了這麼久了，再說她心中的怒火早就消退了，看他也懲罰夠了，也許該給他跟自己一個重新開始的機會。

「我……」

「等一下！我再次警告妳，想想說不的後果。」他實在是無法承受若她說不願意時，自己內心那種椎心刺骨的疼痛。

「結婚以後會不會拈花惹草？」她抬起小小的腦袋瓜渴望地問著他。

「有妳就絕對不會。」

「結婚以後去店裡面還會不會跟那些G乳女僕玩捉迷藏？」她難掩嫉妒地要求著。沒錯，以前那個善妒、佔有慾強的林子君又回來了，只不過這次她學聰明了，不再當二流的炮灰女配角，堅決要當聰明有心機的最佳女主角。

這個男人是他的，誰也不准搶！她絕對要把他抓得緊緊的！

「有妳我會把自己藏起來，不讓別的女人碰到一根寒毛。」俊美的臉上一副貞潔烈夫的神情，大有誓死捍衛自己清白的態度。

「結婚以後碗筷誰洗啊？」

「有我在當然不會是妳洗啊！」他手底下小弟多的是，他心想著。

「結婚以後會不會乖乖聽我的話？」

這一項讓整個現場馬上出現一陣嘩然。男人聽到都覺得這簡直就是割地賠款、喪權辱國的條約，身為男子和大丈夫，怎麼可以什麼事情都聽老婆的，那豈不是太沒種了？

可是女人聽到之後都不由得對新娘子投以強烈敬佩及崇拜的目光，就是要在這種關鍵時刻跟對方談好條件，要知道婚姻是愛情的墳墓，要進墳墓之前當然要替自己爭取最大的利益，不然女人就虧大了！

但是宋忠宇卻什麼都聽不到，只是滿腦子想著她說的那一句話——結婚以後會不會乖乖地聽她的話？

她……以前曾說過，「以後我要嫁給會乖乖聽我的話的老公，只要他乖，我就會一直疼他，一直疼到他不乖。」

而他那時候還傻傻地問：「要是不乖了會怎樣？」

「就拋棄他，再去找聽話的。」

宋忠宇猛然伸手用力抓住她的手，然後用著十分嚴肅及慎重的口吻望著林子君說著，「我會很乖很乖的。」

這話一出口，讓在場所有人的下巴都掉了下來。

林子君原本冷淡的臉緩緩露出一個甜蜜無比的微笑，大家更是睜大眼睛不敢相信，那燦爛的笑容居然像是太陽融化了冰山一樣，讓新娘子身上冰冷的氣息完全融化了。「真的嗎？」

「真的，絕對不會讓妳有機會再去找個聽話的。」

「好吧，那我……」她看著屏息的男人，臉上的笑容更加燦爛，口裡也堅定無比地吐出最神聖的誓言，「願意。」

「新郎可以親吻新娘了。」

兩個歷經波折的有情人終成眷屬，在深深的親吻中嚐到了幸福甜美的滋味。

未來，他們相信，只會更好。

相傳，崑崙山是中國神話中神仙居住之地，
也是道家眼中的仙山，其勢雲海浩瀚，終年不散，
古往今來留下許多美麗的傳說和難解之謎……

一名少年，背離師門，拋棄尊嚴，放棄與師妹辛芙兒的約定，忍辱只爲習得高深術法，但落單異鄉畢竟孤獨寂寞，少年只能將滿腹心聲告訴一隻狸；一隻他藉由條件交易留在身邊、談不太上是朋友的狸貓，因爲牠不能言語，於是能毫無提防地將心裡話、滿腹痛苦全數傾吐。

一隻狸貓哪懂得人的心，又怎麼會明白複雜的七情六慾，更不會懂得何謂思念，告訴牠就和告訴一棵樹一樣毫無意義，可至少能稍稍化解他內心苦楚。

可是，少年忘了一點，這隻狸貓終究和一棵樹不同，牠雖然不懂人心、不解何謂情思，卻有著和凡人相似的思考與好奇……

狸貓蜷起前腿細細聆聽，聽著少年不厭其煩反覆談及那名可愛的小名酸酸，從一道模糊的人影再到揣摩她的眉眼嘴鼻，牠的心裡有了粗淺的圖繪……從不曾停止訴說的少年不會知道。

凝聚於心的朦朧影子，逐漸形成無法自拔的執念。

後來牠才懂得，原來這種執念其名喚作——

相思。

相思。

通曉靈犀的她是萬中選一、千萬年來僅有的特殊，所以她被養育在有仙山之稱的崑崙，盼她能因此越發滋蘊靈性。

靈犀，賜予她萌做美夢的權利，賜給她喜怒哀樂，卻也讓她開了情竅，感受何謂分離之苦……

身爲仙草的她除了崑崙哪裡都不能去，這裡是她生之地亦是最終之所，一旦擅自離開可是會受到護者的懲戒。

但宸秋哥哥離開崑崙了，分離的滋味形同撕裂。

宸秋哥哥，你怎麼忍心把我孤零零扔下？

她喜歡宸秋哥哥。

喜歡，好喜歡，當眞喜歡到骨子裡去。

他的喜怒哀樂，全部的總總她一概喜歡。

她不想分離，一點也不想，寧死不願。

不讓她跟，她偏要跟！管他下山是爲了找他的師妹芙兒，她這個聰敏活潑的小敏兒就是跟定他了。

天命難違，那麼至少讓她在束手認命之前，再見宸秋哥哥一面！

禾馬推薦新人
瑪德琳
繼《情獸》之後，中國古老傳奇，再添佳話！
[珍愛系列3337]
靈犀
子不語之愛的地靈靈
他，一隻在崑崙山修煉近千年的狸貓。
她，正氣凜然，辛家白茅道士第三代掌門人。
他，泯滅良知，追求術法的黑茅道士。
她，一株長在崑崙山上單純善良的天界仙草。
子不語怪力亂神，但貍妖有情、仙草有愛，
值得天地動容，成就兩段人間奇緣。
10/14 和你靈犀相通

10/22
迢迢千里　追索芳心

霸王、賢臣、將軍，陽剛的霸氣暫時退場；
溫柔堅毅的和親公主接手，為穩定天下盡一分力量！

紅櫻桃
亮眼主打

月嵐

雄霸天下‧和親公主系列
延伸幸福的感覺！

系列之一
紅櫻桃701
虎王追心

堂堂一個公主被派去和親
美其名是維繫兩國和平，實則是去當人質
結果直到王掛了，都不曾被寵幸……
獨守空閨的她被皇帝哥哥接回國
哪知新上任的虎王居然追來
以「子承父妃」的名義要將她迎回國！
姑且不論這「不倫」舉動有多驚世駭俗
皇帝哥哥好不容易要回公主小妹，當然也不可能放手
虎王只好坦承對她這個掛名的「母妃」一見鍾情——
這番求愛雖然勁爆，公主卻發現虎王是唯一懂她的人
寂寞的少女心終於漸漸軟化
管他什麼「名分」，先愛了再說……

10/18 紅櫻桃

RC696	巧嬌娃〈遇冤家之一〉	辛　琪
RC697	吾愛，嫁給我〈親愛的之三〉	庭　妍
RC698	吃什麼豆花〈原味愛之三〉	四　月
RC699	永恆崆峒印〈千年神器之四〉	茱　倩
RC700	兇巴巴的紙老虎〈人見人不愛之一〉	糖　菓

10/22 紅櫻桃

RC701	虎王追心〈雄霸天下．和親公主之一〉	月　嵐
RC702	副總的美食指南	喜　樂
RC703	該死!我愛妳	果　麗
RC704	不愛你的壞	橙　心
RC705	寵娘〈沖喜小媳婦之三〉	安祖緹

10/14 水叮噹

T998	莊主別臉紅	阿　香
T999	王爺的佛心〈日盛王朝之三〉	喵　喵
T1000	宅女姊姊不敗犬	米璐璐

10/28 水叮噹

T1001	華麗女皇〈雲夢王國的傳奇　番外篇之三〉	茱　倩
T1002	情人，請愛我〈親愛的之四〉	殷亞悅
T1003	全盛圖〈京城軼事之三〉	菲　比

水叮噹系列

紅櫻桃系列

OCTOBER

珍愛晶鑽系列

珍愛系列

禾馬桃子熊 新書報到

10/5珍愛晶鑽

BK070	壞心大野狼〈小肥肥的猛男日記　PART8〉	黑潔明
BK071	冷鳶曲〈商王戀 卷二〉	季　璃
BK072	矜持小客服〈小姐不好惹之四〉	葉小嵐

10/14珍愛

J3337	靈犀〈子不語之愛的地靈靈〉	瑪德琳
J3338	披上羊皮的情人〈誘愛之一〉	蹓　蹓
J3339	無與倫比的美麗	單煒晴

下一頁，星光閃閃——
蹓蹓☆菲比☆果麗
10月強檔主打星
用精采故事攻佔你的心！

披上羊皮的情人

誘愛之一
珍愛③③③⑧

什麼嘛！公司裡來了位帥哥同事又不是啥大不了的事
在她看來這男人只是徒有外表，其實能力不怎麼樣
偏偏衆人不知中了什麼邪，紛紛奔相走告，趨之若鶩
連愛給新人下馬威的主管也難擋魅力，整天對他笑嘻嘻
更怪的是，明明有一堆熱情的女同事等著供他差遣
他卻不願見她在一旁看熱鬧，有事沒事就來向她請教
哼！這下證明了他果然是草包，不會傳真還怕人家知道
她只好冒著被人嫉妒加怨恨的險展開教育新人的工作
誰知他異想天開，說是爲了回報她，要教她談戀愛！
反正她每段戀情都是無疾而終，跟萬人迷學學也好
直到看見他跟女同事私下去PUB約會
她心裡覺得難受極了，像胸口被重重捅了一刀
這才發現這位萬人迷先生是爲了釣她才裝呆
她後悔被他當猴子耍得團團轉，成爲衆人的笑柄……

蹓蹓

10月 珍愛 強檔主打星

珍愛系列
水叮噹系列
紅櫻桃系列
熱情推薦!!

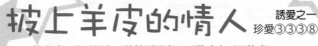

全盛圖

京城軼事之三
水叮噹①⓪⓪③

菲比

10月 水叮噹 強檔主打星

見鬼了！這個美如天仙的女子簡直膽大包天
打著好學與孝心的旗幟，堅持一定要拜他爲師
刁蠻活潑到令人難以招架，死纏爛打的工夫無人能比
既不擔心會麻煩到他，也不在乎擾亂他平靜的生活
儘管他盡可能的冷處理，還是被她的打死不退嚇一跳
不得已只好以不變應萬變，等她自己知難而退……
人算不如天算啊！誰說沒感覺就不會有感情？
明知道自己無法接受愛情，也明白注定一輩子孤獨
一顆冷冷的心卻莫名的爲她沉淪，所有的堅持消失無蹤
不把她顯而易見的謊言當一回事，還一再的自我欺騙
甚至刻意隱藏殘缺的過往，企圖塑造良好的形象
無奈現實是殘酷的，他們兩人根本就是不同世界的人
說穿了，她之所以接近他其實是別有意圖
而他不過是自作多情，愚昧到被她耍得團團轉罷了……

珍愛系列

水叮噹系列

紅櫻桃系列

錯過可惜!!

10月 紅櫻桃 強檔主打星

果麗

該死！我愛妳 紅櫻桃⑦⓪③

他們是青梅竹馬的好朋友
更是最了解彼此的「靈魂伴侶」
只是最近他一直有個煩惱——
他們都已經到了可以自由交男女朋友的年紀
而她雖然「行情」不差，但他一直把保護她當成義務
因此想要追她的男人一定要先經過他的鑑定
她的男人要比他帥氣、比他聰明、比他貼心
最重要的是要像他一樣，事事將她擺第一——
呃，這樣條件好像太嚴苛
而且很奇怪的是，每次想到她會和別的男人在一起
他心裡就有一種非常不暢快的感覺！
啊！莫非……他該死的愛上了自己的「麻吉」？
他正打算找個好機會來個「告白大出擊」
怎知卻先得到她即將結婚的消息……

相關作品 紅櫻桃647・該死！我想妳

系列之三　紅櫻桃698　吃什麼豆花

人客快來喔，這裡有一間「女僕豆花店」
保證每個上門的人客都能過足「主人」的癮！
哎，能把一間單純的豆花店經營得這樣情色
全天下恐怕只有一個男人能辦到
而她，曾那樣全心全意地愛著這個男人
直到因為嫉妒，大剪一揮地把他給喀嚓掉——
好在他閃得快，才保住了讓女人「性」福的能力
雖然他恨她入骨，她卻像影子般隱在他身邊
照顧著他的生活起居，直到被發現……

系列之二　紅櫻桃661　賣什麼碗糕

黑社會王子金盆洗手變成活老百姓
決心開一家「碗糕店」來漂白
過著隱姓埋名的平民生活
偏偏命中的剋星不肯輕易放過他
不但上山來擾人，還包了一個紅包給他——
這該死的女人！不但「奪走」他身為男人的第一次
竟然還包紅包來羞辱他，補個「二次傷害」?!
哼！這種魔女放眼天下只有他能治
他決定好人做到底地「接收」她
以免她下山危害凡間的男人……

系列之一　紅櫻桃618　炒什麼冷飯

厚！他真的是愈來愈不挑了
連個小胖妹都能燃起他的「熱火」
不知他是傷得太重，還是刺激太大？
偏偏那個有如吹氣球般漲大的身形
總是讓他想起六年前離他而去的女人
而且連名字都一模一樣！
呃……管她是圓的還扁的
他都「心如止水」了這麼多年
只要能讓他尋回「男性雄風」的，就是好女人……

紅櫻桃 開心推薦
四月
～原味愛系列
以甜蜜調味，搭配深情的火候
獻上美味可口的愛情盛宴 歡迎品嘗！

系列之四

紅櫻桃 699 **永恆崆峒印**

傳說中只要擁有崆峒印
就可以得到整個天下的權勢和富可敵國的財產
甚至能長生不老，生命亦能永恆不死
而他，是裴家莊的莊主，也是崆峒印的主人
為了不讓自己不老不死的祕密被世人知曉
所以他只好一代又一代的徵召女人替他「傳宗接代」
一直以為千年的修行與修煉已讓他變得清心寡慾
豈知這回前來應徵「孕母」的姑娘卻教他「性趣」大增……

系列之三

紅櫻桃 689 **魂牽崑崙鏡**

唉，人果然不能太鐵齒
原本她壓根不相信那個被竊盜集團偷走的崑崙鏡
真的擁有穿越時間和空間的法力
結果她的「血」，卻意外開啟了與崑崙鏡的緣分
沒經過她同意，就把她送到聽都沒聽過的「紫金皇朝」
而且還要她幫助她未來的相公順利的當上皇帝！
雖然這個「重生」的機會和生活太令人匪夷所思
但在這裡，她得到了在現代一直渴望感受的親情
也不知不覺愛上了她身邊冷情又尊貴的五皇子夫君……

系列之二

紅櫻桃 680 **情訴鳳凰琴**

他以一曲琴聲救了她，保住她的清白
代價卻是要她當他的「廚娘」兼「管家」！
明明知道他是個危險又接觸不得的男人
但為了報答他的救命之恩，她也只能硬著頭皮答應
天天看著他縱情享樂，與許多女人曖昧不清
所以她不時提醒自己，千萬別戀上這樣的浪蕩子
可是他很壞喔，故意而且很有心機的誘惑她
害她將所有的原則啦，顧忌啦統統忘得一乾二淨
甚至放棄一切，沒有名分的跟著他離開……

系列之一

紅櫻桃 664 **傲世軒轅劍**

皇命不可違！
就算她是堂堂武林盟主的女兒
也不得不遵從聖旨下嫁給從未蒙面的慕王
只是她作夢也沒想到新婚當天見到的夫婿
竟然是將她自熊掌下救出的救命恩人——
女人嘛，總是對英雄特別容易一見鍾情
現下她已成為他的王妃
自然會努力經營與培養兩人之間的感情
可惜他非但不領情，還用無情與冷漠態度將她推離……

·追書焦點·

紅櫻桃709 **玄幻九黎壺** 11月上旬 迷炫人心

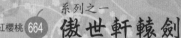

茱倩
最新構思　千年神器系列　亮眼登場！
傳聞上古時代，諸神遺留下古老的神器，擁有獨特且驚人的力量。
千百年後，神器再次出現。
為了得到它們，各路人馬菁英盡出，一場逐寶之戰就此展開……

人見人愛？給你拍拍手，恭喜恭喜；
人見人不愛？那也沒什麼關係！
勇敢做自己才是王道
享受人生，清爽無負擔！

糖菓
輕甜小品

人見人不愛之一　紅櫻桃700

兇巴巴的紙老虎

他天生就長了一張「雷公臉」，平時也不愛跟人交際
但他的「磁場」卻跟「生人勿近」的長相完全不一樣
老是吸引那些讓他頭疼的麻煩人物——
比如，因爲和男朋友吵架而無處可去的狐狸精
比如，因爲和老爸鬧翻而離家出走的不良輕熟女
再比如，因爲暗戀他而天天請他上門吃飯的鄰居……
是，他知道那些人是他的小學同學
但她們也就只是小學同學而已，有必要混得這麼熟嗎？
拜這些女人所賜，他平靜的生活就像隨風而逝的煙雲
天知道，他有多麼懷念以往「單身」的日子
但在同時，孤單多年的他，卻也開始有了家的感覺
甚至，他的眼光開始落在那位暗戀他的鄰居身上——
他想，當一隻虛張聲勢的紙老虎固然可以避免麻煩
但若有個溫柔的人爲他順毛，日子想必會更愜意……

追書焦點
紅櫻桃710　扮清純的狐狸精　11月上旬　嬌媚亮相！

紅櫻桃大聲宣告

徵求 青春嗆辣好顏色 最鮮妍的愛情主張

紅櫻桃投稿辦法

◦字　　數：13行×34字×至少200頁；每章之間空兩行即可。

◦注意事項：請依一般小說格式創作，分章、分段、分場景；以有格稿紙或電腦寫作均可。

◦投稿方式：請在原稿（或電腦列印稿）上註明眞實姓名、住址及聯絡電話，以掛號郵寄至
台北市110信義區忠孝東路五段508號4樓之1
禾馬文化事業有限公司　桃子熊工作室收

◦結果通知：審稿小組結束審稿作業後，會以電話或郵件告知採用與否，不合用者則列出退件原因；若經採用，會以電話告知。

· 紅櫻桃的徵稿活動屬長期性，無截稿時間，您可安心創作
· 歡迎有企圖心、願意長期配合之作者加入，編輯部將個別規畫指導
· 請尊重著作權，切勿抄襲、轉譯、改寫，以免觸犯著作權法
· 恕不退稿，如欲退稿，請自付郵資